KB176128

육아
품앗이
해볼래
?

육아 품앗이 해볼래?

초판인쇄 2020년 12월 11일
초판발행 2020년 12월 11일

지은이 김진미 · 강지해 · 최미영
펴낸이 채종준
기획 · 편집 유나
디자인 홍은표
마케팅 문선영 · 전예리

펴낸곳 한국학술정보(주)
주 소 경기도 파주시 회동길 230(문발동)
전 화 031-908-3181(대표)
팩 스 031-908-3189
홈페이지 http://ebook.kstudy.com
E-mail 출판사업부 publish@kstudy.com
등 록 제일산-115호(2000. 6. 19)

ISBN 979-11-6603-233-2 03810

이 책은 한국학술정보(주)와 저작자의 지적 재산으로서 무단 전재와 복제를 금합니다.
책에 대한 더 나은 생각, 끊임없는 고민, 독자를 생각하는 마음으로 보다 좋은 책을 만들어갑니다.

함께해서 더욱 든든한 공동 육아 이야기

육아 품앗이 해볼래?

♥ 김진미
♥ 강지해
♡ 최미영
　　지음

이담
Books

진미

- 💙 두 아들을 키우고 있는 엄마 여자
- 💙 B형
- 💙 게자리

자신이 특별한 존재라 여기며 어린 시절부터 정체성을 고민한 전형적인 에니어그램(Enneagram) 4번 여자이다. 차도녀 이미지를 갖고 있으나 입을 여는 순간 애니메이션 '자두엄마' 저리 갈 수준으로 솔직하고 내숭이 없다. 아들 앞에서는 마녀 엄마로 통한다. 존경하는 인물은 앙드레 김과 대한민국의 다양한 창작인들. 아동 이해와 아동복지에 기여하기를 원한다.

지해

- 💙 두 딸을 키우고 있는 엄마 여자
- 💙 A형
- 💙 전갈자리

INFP이자 INFJ이다. P와 J의 차가 1점밖에 나지 않는다. 부지런한 듯 게으르고, 꼼꼼한 듯 덜렁대고, 똑 부러진 듯 구멍이 많은 사람으로, 내가 원하는 영역 안에서는 매우 충실하고 정열적이지만 그 외의 것에는 관심이 없고 감각이 떨어진다. 노동의 대가를 넘어 내가 하는 일에 흥미를 찾고자 하는 경향이 있다. 인간 이해와 인간복지에 기여하기를 원한다.

미영

♡ 두 딸을 키우고 있는 엄마 여자

♡ A형

♡ 처녀자리

수많은 레이더를 가진 여자이자 속사포 기술을 보유한 사람이다. 완벽주의자만큼 세심하고 꼼꼼한 성격이며 맡은 바 책임을 다하려 하는 리더 타입이다. 때문인지 평소 O형으로 오해받는 성격이지만 사실은 소심하고 내성적이다. 지구사랑과 환경보호에 기여하기를 원한다.

CONTENTS

제2장 독박육아에서 공동육아로

제3장 좌충우돌 육아 품앗이

제4장 **우리만의 노하우**

 제5장 **앞으로 우리는**

제1장

같은 생각을 가진
다른 엄마 셋

▷ PLAYER1

▷ PLAYER2

▷ PLAYER3

일상을 책과 함께

큰아이는 어린이집 시절부터 독서왕상을 받았다. 독서왕이 된 비결은 간단하다. 책 읽고 난 후 책 속 이야기를 엄마와 시도 때도 없이 나누며 일상으로 불러냈을 뿐이다. 다음과 같은 식이다. 시장에 나가 늙은 호박을 봤다면 "너 기억나? 〈솔이의 추석 이야기〉에 늙은 호박 나왔잖아."라고 귀띔해주고 집에 돌아와 〈솔이의 추석 이야기〉를 보여준다. 봄날의 노란 민들레를 봤다면 "너 기억나? 강아지 똥에 민들레 나왔잖아."라며 집에 돌아와 〈강아지 똥〉을 펼쳐준다. 가족들과 실개천에서 놀다가 징검다리를 봤다면 "너 기억나? 얼마 전에 읽은 책? 거기에 징검다리 나왔어."라고 일러주는 식이다. 그러면 외부일정을 마치고 집에 돌아온 아이는 징검다리 일러스트가 있는 책을 찾아내느라 옷 갈아입는 일도 제쳐두고 집중할 것이다.

이런 경험이 축적되면 '두더지'라는 단어만 들어도 엄마와 아이는 책장으로 뛰어가 두더지가 그려진 그림책을 누가 빨리 찾나 게임할 수 있다.

텔레비전을 보지 않는 환경도 한몫한다. 텔레비전을 꼭 보아야 하는 사람이 있다면 공간을 따로 마련해 설치해야 한다. 우리 집은 남편이 자주 드나드는 작은 방에 텔레비전을 설치했다. 때문에 나머지 가족들은 그쪽 방문을 열어보는 경우가 없었고 아이는 자연스레 책장 앞에서 시간을 보내며 자랐다.

환경도 조성되었고 책도 있다면, 엄마가 읽어줄 일만 남았다. 그림책은 엄마를 필요로 한다. 엄마가 직접 읽어주고 손으로 짚어주기 전에는 찢기 좋은 장난감에 불과하다. 엄마의 목소리가 있어야 문자 언어가 음성언어로 살아나고 평면 그림이 3차원 사물로 인식된다. 그림책에서 본 각시탈이 외할머니네 집 안방에서 본 각시탈과 같은 사물이라는 것을 깨닫는 순간 아이는 독서의 쾌감을 맛보게 된다.

그렇게 책에 파묻혀 육아하던 어느 날 〈잭과 콩나무〉를 읽을 때였다. 다섯 살 큰아이가 갑자기 상황극을 시작했다. 나에게 거인이 되라고 했고 자기는 잭이 되겠다고 했다. 상황극을 가르치거나 연극놀이를 해 보자고 제안한 적이 없는데 책 속 장면이 자연스레 현실에 펼쳐진 것이다.

그날부터 나는 하루에도 몇 번씩 거인이 되었고 아이는 잭이 되어 상황극을 펼쳤다. 〈해님달님〉을 읽은 후 아이는 나더러 호랑이를 하라고 했다. 아이는 떡을 이고 가는 엄마와 오누이 역할을 동시에 해냈고 소품을 찾는 듯싶더니 소파 위로 올라가 동아줄을 기다렸다. 아이는 항상 주인공 역할을 맡으려 한다. 〈헨젤과 그레텔〉의 마녀 역할도 엄마가 해야 하고 혹부리영감의 화난 도깨비 역할도 엄마가 해야 한다. 하지만 언제나 즐겁고 설레는 마음으로 상황극에 임했다.

연극놀이는 아이에게 여러모로 도움이 된다. 집중력과 기억력을 높여 책의 내용을 더 잘 이해하도록 돕고 평소에 접하기 어려운 가상의 인물을 연기해봄으로써 자신이나 타인의 행동에 대한 새로운 통찰력을 얻을 수 있다. 이러한 장점 덕분에 아동은 물론 청소년을 대상으로 한 연극놀이는 오래전부터 연극계와 교육계의 주목을 받고 있다.

큰아이는 초등학교 입학 후에도 꾸준히 독서왕상을 받았다. 꼬맹이 시절 주고받은 연극놀이는 토론, 그림 그리기, 만들기, 감상문 쓰기 등의 독후 활동으로 발전했고 자연스레 독서왕으로 이어진 것이다.

요즘은 제법 컸다고 학습 만화책을 끼고 지내 마음이 쓰이지만 큰 문제는 아니라고 생각한다. 사실 3, 4학년은 독서가 중요한 것을 알면서도 책 읽기가 뒷전으로 밀리는 시기이다. 아이가 게임 혹은 학습만화 읽기에 빠져있다면 어린 시절 좋아했던 책을 읽어주자. 사춘기에 접어든 아이들도 가끔은 엄마가 소리 내어 읽어주는 책을 기다린다.

사진책, 환경책, 스포츠책, 사회복지책, 의학책, 추리소설책, 의상책 등 다양한 종류의 책을 접할 수 있도록 책 선정에도 신경 써 보자. 초등 중학년, 고학년의 출판 경향이 궁금하다면 대형서점을 한 바퀴 돌아보거나 도서관에서 바구니 가득 책을 빌리는 또래 엄마들의 대출목록을 눈여겨보는 것도 도움이 된다.

지해

우리 집 상황극과는 조금 다른 분위기였을까? 궁금해진다. 각자의 역할에 집중하는 엄마와 아들, 둘의 모습.

`답글`   🖤

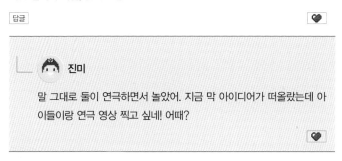

> **진미**
>
> 말 그대로 둘이 연극하면서 놀았어. 지금 막 아이디어가 떠올랐는데 아이들이랑 연극 영상 찍고 싶네! 어때?
>
> 🖤

 미영

책을 다양하게 접하게 해준 모습이 인상적이네.
나는 그냥 읽어주기 바빴는데 말이야.

`답글`   🖤

> 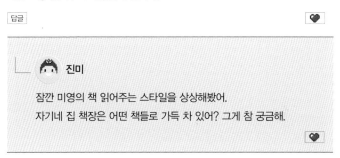 **진미**
>
> 잠깐 미영의 책 읽어주는 스타일을 상상해봤어.
> 자기네 집 책장은 어떤 책들로 가득 차 있어? 그게 참 궁금해.
>
> 🖤

독서왕이 되든 안 되든

"물려받은 책인가 봐요." 우리 집을 방문하는 사람들은 책꽂이를 보고 놀란다. 엄마가 문예창작학을 전공했고 꾸준히 글을 쓰고 있으니 아이 책도 요즘 트렌드에 맞춰 새롭고 깨끗할 것이라 상상하기 때문이다. 책을 살피며 사람들은 다시 한번 놀란다. "어머, 헌책방 딱지가 붙어있어요." 맞다. 반은 주변 사람들로부터 물려받은 책이고 나머지 반은 헌책방에서 구입한 중고도서다.

나는 아이 책을 구입하는 데 몇 가지 원칙을 두었다.

새 책이 아닌 중고도서로 구입할 것.
그때그때 소량 구입할 것.
처음부터 끝까지 읽어본 후 구입할 것.

이런 규칙을 따르다 보니 아이 책장이 빈티지한 느낌을 풍기는 게 사실이다. 새 것, 오염되지 않은 것이 사랑받는 시대다. 하지만 새 책과 헌책에 무슨 품질 차이가 있을까. 다른 아이의 손때가 묻은 헌 책이라도 재미를 다해 읽어주는 엄마의 노력이 중요하다.

"우리 애는 책을 안 읽어요."라고 아이를 세워둔 채 푸념하는 엄마들이 많다. 중요한 건 아이도 눈이 있고 귀가 있다는 사실. 집에서도 가끔 듣던 소리를 동네 아줌마나 어린이집 선생님 앞에서 듣게 되면 "그래. 나는 책 안 읽어. 나는 책을 싫어하는 아이인가 봐."라는 자책이 따른다. 아이는 엄마의 말을 먹고 자란다. "책을 어려워하더니 요즘은 재미있어 하더라고요. 한 권씩 두 권씩 저랑 같이 읽으면서 요즘 재미있게 지내요"라고 말하면 어떨까?

"책 읽어주려고 하면 도망가요."라는 고민을 가진 엄마들은 재미있는 책을 고르는 과제를 해결하는 일이 시급하다. 가까운 도서관을 방문해 마구잡이로 열 권의 책을 대출해오자. 그 중 최소 두 권은 아이의 정신을 홀딱 빼놓을 책이 될 확률이 높다. 모든 책을 읽어주지는 않아도 된다. 열 권의 책에 모두 관심 갖는 아이는 드물기 때문에 아이의 취향 저격 그림책을 간추렸다면 여덟 권은 과감하게 포기하고 나머지 두 권만 실감 나게 읽어주면 된다.

실감 나게 읽어주기에 자신 없는 엄마라면 앱을 이용해 책을 들려주어도 좋다. 더 나아가 앱 속 성우들의 구연 노하우를 배워보자. 나는 평소에 낭송과 낭독에 관심이 많았던 터라 첫 아이가 두 살 무렵일 때 동네 도서관 문화강좌를 통해 동화구연자격증을 취득했다. 구연이라고 하면 과장되고 닭살 돋는 목소리를 연상하는 경우가 많은데 구연이라기보다는 '실감 나게 읽어주기'에 초점을 두면 된다.

그러나 우리집 둘째 아이는 독서왕과 거리가 멀다. 형만큼 책에 열광하지 않으며 형만큼 기억력이 뛰어나지 않다. 책에서 본 선인장과 낙타를 인지하고 언어로 표현하는 데 최소 열 달을 기다려줘야 하는 아이라서 엄마의 인내심을 건드렸다.

둘째 아이는 책을 읽거나 책 속 내용을 이야기할 때보다는 레슬링놀이를 할 때, 태권도 발차기를 할 때 더 환하게 돋보이는 아이다. 역시 가장 중요한 것은 아이의 기질이다. 모든 아이가 독서왕이 될 수도 없고 모든 아이가 독서왕이 되어서도 안 된다. 그렇게 아이의 타고난 기질을 인정하면서 책 읽기에 대한 마음가짐을 바꿨다. 독서왕이 되든 안 되든 상관없으니까 밝은 아이로만 자라다오.

 지해

육아를 하며 자기만의 원칙을 둘 것, 굉장히 중요한 일이라고 생각해.
원칙을 정해두어도 휘청휘청 귀가 팔락거릴 때가 많거든.

답글

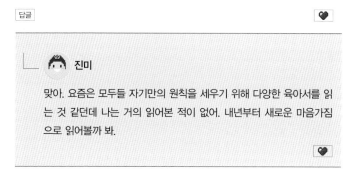

└ 👑 진미

맞아. 요즘은 모두들 자기만의 원칙을 세우기 위해 다양한 육아서를 읽는 것 같던데 나는 거의 읽어본 적이 없어. 내년부터 새로운 마음가짐으로 읽어볼까 봐.

 미영

첫째와 둘째는 한배에서 태어났지만 정말 성향이 다른 거 같아.
책 읽는 성향도 완전 다르구나.

답글

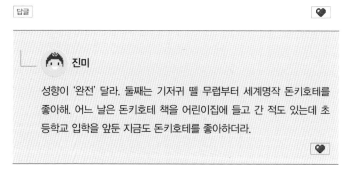

└ 👑 진미

성향이 '완전' 달라. 둘째는 기저귀 뗄 무렵부터 세계명작 돈키호테를 좋아해. 어느 날은 돈키호테 책을 어린이집에 들고 간 적도 있는데 초등학교 입학을 앞둔 지금도 돈키호테를 좋아하더라.

ⓡ 여자, 남자, 아이, 해설자 목소리로 구분하여 네 가지 목소리를 연습해보자.

여자 목소리는 젊은 여자와 늙은 여자로 나눠 연습할 수 있고 남자 목소리는 젊은 남자와 늙은 남자로 나눠 연습할 수 있다. 아이 목소리도 남자아이와 여자아이로 나눠 연습할 수 있다.

이것을 좀 더 활용하면 남자 목소리를 사자목소리로 변형할 수 있고 여자 목소리를 여우목소리로 변형할 수 있다. 엄마 센스만 약간 첨가하면 네 가지 소리를 기본으로 16가지 이상의 소리를 만들어낼 수 있는 것이다.

ⓡ 빠르기와 강약조절에 신경 쓰며 읽는 연습을 하자.

다수의 엄마가 책을 빠르게 읽는 편인데 책은 빠르게 읽기보다 차라리 느리게 읽기가 효과적이다. 빠르기와 강약조절은 어느 한쪽도 포기할 수 없는 읽기 기술이다. 게으른 목소리, 아픈 목소리는 느리고 약하게 읽어야 한다. 화난 목소리, 갑작스러운 사건, 사고 장면은 빠른 소리로 강한 악센트를 내며 읽어야 실감 나게 들린다. 빠르기와 강약을 간과할 경우 듣는 사람이 귀의 피로를 호소하거나 따분해서 하품할 수 있다.

책육아는 아니었어

책을 못 읽어줬다고 움츠러들거나 자책하는 부모가 되지 말자. 아이가 기다린 건 책이 아니라 엄마라는 사실을 나는 불과 몇 년 전 알게 되었다. 책을 들고 걸어오는 아이를 관찰해 보면 금방 알 수 있다. 책 읽어달라는 요청을 수락해주길 바라는 마음, 들고 온 책이 엄마에게 거절당하지 않기를 바라는 마음, 익숙한 품에 안겨 엄마 음성을 듣고 싶은 아이의 애착 욕구가 보인다.

즉 독서는 애착을 위한 수단이다. 엄마가 책 읽어줄 때만큼은 자신에게 몰입하는 것을 경험으로 배웠기에 아이는 책을 들고 엄마에게 걸어온다. 아이와 충분히 교감할 수 있는 분야가 있다면 요리든, 놀이든, 악기 연주든 맘껏 나누고 즐기는 엄마가 되어보자. 꼭 독서여야 할 필요는 없는 것이다.

어느 날 걸려온 큰아이 어린이집 선생님의 전화는 청천벽력 같았다.

"어머니, 아이가 하원 하면 주로 뭐 하시나요?"

"저희요? 도서관 가는데요."

"도서관 말고 또 어디 가시나요?"

"도서관만 다녀요. 저도 책을 좋아하고 아이도 책을 좋아해서 항상 도서관에 다니지요. 저희는 도서관 붙박이인걸요."

"도서관 말고 다른데 다니는 곳은 전혀 없어요? 놀이터던가 놀이체육이라던가 친구들을 만날만한 곳 말이에요."

"없는데요."

"종교활동도 없으시고요?"

"네."

"놀이터는 전혀 안 데리고 다니세요?"

"네. 놀이터는 한 번도 안 가봤는데요."

"어머니······."

선생님은 전화기 너머에서 안타까워했다.

"어머니. 이 동네에 놀이터가 어디 있는지는 아세요? 제가 왜 전화 드렸냐 하면요······."

그녀의 말을 직설적으로 옮기면 '아이의 사회성이 떨어지니 도서관은 그만 다니고 놀이터에 매일 데리고 나가 놀게 하라'였다. 이게 무슨 날벼락인가 싶었다. 나는 어릴 때부터 도서관과 책에 익숙했다. 아이들과 어울려 노는 대신 혼자 책 읽고 일기 쓰고 사색하며 놀 때 즐거움을 느꼈다. 엄마가 된 뒤 아이와 도서관을 찾은 건 자연스러운 결과였다. 하지만 어린이집 선생님이 전화를 걸어올 정도라면 습관을 바꿔야 했다. 그날부터 나는 놀이터로 나갔고 아이의 또래 관계를 발전시키기 위해 노력했다. 고행이었다는 표현을 쓰고 싶다. 어릴 때도 안 다닌 놀이터에 나가 모자의 사회성을 키우는 일은 고되고 어색할 수밖에 없었다.

사실, 나 같은 엄마가 한 명 더 있다. 도서관에서 만난 J엄마다. 둘째 아이 이유식을 먹이다 도서관 모유수유실에서 눈이 맞은 것을 계기로 그녀와 친분을 쌓았는데 내가 책육아에 푹 빠져 지낸 것처럼 그녀 역시 책을 사들이고 책을 대출하는 일에 행복을 느끼며 초보 엄마 시절을 보내고 있었다. 우리 둘은 책육아에 꽤나 진심이었다.

한동안 못 보다가 오랜만에 마주친 J엄마가 어느 때보다 편안한 표정으로 이사 소식을 전했다. 그녀의 집에 마지막 인사차 찾아갔더니 무덤덤하게 한마디 한다.

"책 안 필요하세요? 아이 책 다 처분하고 이사 가려고요. 이젠
책 사양이에요."

"저도 이제 책 필요 없어요. 과감하게 처분하고 가서도 되겠는
데요."

우리는 서로를 향해 깔깔 웃었다. 수백 권의 그림책과 동화책
은 더 이상 보물 1호가 아니다. 책이 먼저일까, 사람이 먼저일까.
사람이 먼저다. 6년의 시행착오 끝에 J엄마와 나는 같은 깨달음
을 얻었다. 우리의 자녀는 책 속의 엄마 말고 책 밖 세상과 으쌰
으쌰 살아가는 건강한 엄마를 원한다는 것을 말이다.

지해

뭔가 묵직한 깨달음을 던져주네. 건강한 엄마를 원한다는 겟!! 공감해.
나도 그걸 알기까지 조금 오래 걸렸어.

답글 ♥

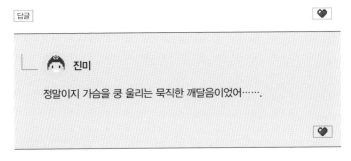

└ **진미**

정말이지 가슴을 쿵 울리는 묵직한 깨달음이었어…….

♥

 미영

뭐든 한가지로 치우치면 좋지 않은 거 같아. 하지만 엄마도 각자의 스타일이 있기에 치우치는 건 어쩔 수 없는 일이지. 그걸 보완하기 위한 방법으로 육아 품앗이가 딱인 것 같아.

답글 ♥

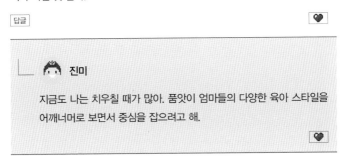

└ **진미**

지금도 나는 치우칠 때가 많아. 품앗이 엄마들의 다양한 육아 스타일을 어깨너머로 보면서 중심을 잡으려고 해.

♥

책 읽기에도 노하우가 있어요

💗 **책 말고도 읽을거리는 다양해요**

"슈퍼에서 엄마 읽으라고 보내 준 건데 너도 같이 볼래?"라고 아이에게 슈퍼마켓 세일전단지를 내밀어보자. 30개월 차라면 포도, 수박, 사과, 바나나를 찾아낼 수 있다. 조금 더 큰아이는 양파, 멸치, 음료수, 과일 잼, 휴지를 손가락으로 집어낸다.

NIE교육 역시 학령기 아동에게만 해당하는 이야기가 아니다. "이거 신문이라는 거야. 엄마, 아빠 보는 건데 너도 같이 볼래?"라고 신문과 인사를 나누도록 돕자. 자동차 광고, 화재 현장 기사, 휴양지 기사를 손으로 짚으며 다양한 대화를 주고받을 수 있다. 꼭 책이어야 한다는 강박을 버려야 한다. 책 외의 전단지, 신문, 잡지 등 다양한 읽을거리는 아이의 읽기 영역과 탐구영역을 수려하게 확장시킨다.

💜 도서관은 맛있고 따뜻한 곳이야

우리 자녀의 기억 속에 존재하는 도서관은 맛있고 따뜻하고 시원한 공간인가. 우리 가족은 한 동네에서 세 번이나 이사했다. 공교롭게도 첫 번째 집은 도서관에서 5분 거리, 두 번째 집은 도서관 3분 거리, 세 번째 집은 도서관 8분 거리다. 도서관을 처음 경험했을 땐 아이가 어려 영아방 온돌방 신세를 지며 겨울을 보냈고, 아이가 이유식을 떼고 군것질을 알게 됐을 때는 구내매점에서 달콤한 간식거리를 먹으며 도서관 육아를 즐겼다. 초등생이 된 뒤론 구내식당에서 백반을 함께 먹고 문화프로그램을 수강하며 도서관 라이프를 즐긴다.

육아 품앗이 모임인 '아이맘' 역시 도서관과 인연이 깊다. 아이맘의 첫 모임 장소가 도서관 앞마당이었기 때문이다. 이후에도 품앗이 아이들은 도서관에서 자주 만났기에 시설을 이용하고 책을 읽는 일에 익숙하다. 당신의 자녀에게 도서관은 따뜻하고 친근한 공간인가?

💜 여럿이서 역할극 하며 책을 읽어보자

공공육아 현장에서는 책을 이용한 역할극 놀이가 가능하다. 아동들 사이에 널리 알려진 밝은 내용의 책으로 골라 4권 이상

수량을 확보하자. 나이가 많고 발음이 정확한 아이가 해설자 역할을 하는 것이 좋은데 해설자는 읽어야 하는 양이 많기 때문에 여러 명이 번갈아 소화해도 된다. 그 외 아이들은 주인공, 부주인공, 엑스트라로 나누어 역할을 준다.

자기가 읽을 차례를 놓치는 아이를 위해 책에 표시를 해두고 옆에서 순서를 챙겨주자. 동영상으로 녹화하고 보여주면 실력이 금방 성장한다. 처음에는 연습이 덜 된 오케스트라처럼 불협화음을 내지만 한번, 두 번 거듭하다 보면 제법 연극무대와 같은 모습을 갖춘다. 한 권의 책 덕분에 아이들의 독서효과도 높아지고 깔깔깔 웃음소리가 끊이지 않을 것이다.

💛 동시를 읽어줘 보셨나요?

그림책을 읽어주는 맛과 동시를 읽어주는 맛은 다르다. 시중에서 쉽게 구할 수 있는 말놀이 동시를 추천한다. 아이와 대화가 가능해지는 시기에는 방정환, 김소월, 윤동주 등 한국 문학사에 업적을 남긴 작가들의 동시를 찾아 읽어주길 권한다. 동시가 동요가 되어 불리는 경우가 많기 때문에 노래하듯 불러 줄 수 있고 듣는 아이들도 귀가 즐겁다.

학령기 전후 아이라면 동시를 읽어준 후 제목 맞춰보기 게임을 제안할 수도 있다. 인터넷 검색창에 '동시잡지', '정두리', '이상교' 등의 키워드를 치면 연관 검색된 주옥같은 현대 동시를 찾을 수 있다.

요즘 아이들은 그림책 서사구조에 익숙해 잠시 한눈을 팔며 책 내용을 들을 때가 있다. 동시를 자주 읽어주면 시어를 귀담아 들으려고 끝까지 집중하는 아이의 모습을 보게 될 것이다. 더불어 일상에서 자주 쓰지 않는 시의 언어들이 아이의 동심을 맑게 가꿔준다. 공동육아 현장이라면 아이와 함께 모여 동시 암송 대회를 여는 것도 추천한다.

지해

맞아, 책 말고도 읽을거리는 많아. 꼭 어느 연령대에 읽어야만 한다는 고정관념도 버리면 훨씬 더 다양해지지. 근데 우리집 첫째는 책을 중간 중간 발췌해서 읽어. 그래서 내가 400페이지가 넘는 책들도 마음먹고 읽어주기 시작했지. 뭔가 더 좋은 노하우가 있다면 알려줘.

답글

 진미

400페이지 넘는 책은 제목이 뭐야?
궁금하네.

 미영

다양한 읽을거리를 만나게 해주는 게 좋은 거 같아. 엄마의 성향만 생각해서 책을 보여주면 편독하게 되더라고. 동시도 좋고, 때로는 연극대본도 아이에게 좋은 읽을거리가 아닐까 싶어.

답글

 진미

우리집에 연극 대본도 몇 권 있어.
동극이라고 해.

우리만의 추억 만들기

〰〰〰

'나의 어린 시절은 언제나 외로웠다'라고 느껴왔다. 홀로 딸을 키우느라 바빴던 엄마를 떠올리면 내가 원할 때 내가 원하는 사랑을 한껏 받지 못했다는 생각에 어린 시절을 회색빛으로 만들었던 때가 있었다. 하지만 아니었다. 엄마는 당신만의 방법으로 나와 함께해주었고, 그 시간을 '추억'이라는 예쁜 선물로 차곡차곡 쌓아주셨다. 내 안에 쌓인 선물들은 어렵고 힘든 일이 생길 때마다 그 힘을 발휘했다.

누구나 저마다 중점을 둔 육아 방식이 있다. 나는 아이들과 함께하는 엄마이고 싶다. 아이가 필요할 때 옆에 있어 주는 엄마, 소중한 추억을 한 다발 만들어줄 수 있는 엄마, 마음을 나눌 수 있는 엄마 말이다. 그러하기에 남들보다 바쁠 수밖에 없다.

아이의 조리원에서 인연을 맺었던 교육업체의 부모교육이 시작이었다. 그곳에서 좋은 자극을 받은 나는 열심히 아이와의 하루하루를 재미있는 놀이로 채워나갔다. 함께 놀고, 함께 먹고, 함께 읽는 즐거움을 위해 아이와의 놀이계획을 세웠다. 한 달에 하나의 주제를 정하고 집에 있는 책과 교구 그리고 미술도구 등을 이용해 함께 놀았다. 새로운 세상을 탐험해 가는 아이에게 즐거운 방법으로 앞으로의 삶을 뻗어나가게 해주고 싶었다. 우리 집이 어느 날은 커다란 동물원이 되고, 어느 날은 추운 북극이 되기도 하고, 미국, 캐나다, 여름이 되었다가 겨울이 되었다. 아이와 커다란 세상에서 함께 웃고 즐기는 나를 만났다. 그것들은 쌓이고 쌓여 우리의 추억이 되어갔다.

어느 할로윈데이, 나의 제안으로 친구들 가족이 모여 파티를 한 그날도 아이들과 나의 좋은 추억 중 하나이다. 누군가와 함께 하지 못하는 해에도 우리 가족은 손전등 하나로도 즐거운 할로윈데이를 보냈다. 다른 나라의 문화를 자연스럽게 익히는 쉬운 방법 중 하나는 놀이로 끌어가는 것이다. 함께 모여 집안을 꾸미고, 할로윈 초를 만들고, 호박을 긁어내 '잭 오 랜턴'을 만들고 어두운 곳에서 이모의 무시무시한 이야기를 들었다. 대롱대롱 매달린 과자를 따먹고, 테이핑으로 만든 거미줄을 통과하고, 사탕 유령 찾기를 했다. 함께 웃고 즐기는 이 시간은 분명 아이들이 자라고 난 후, 나처럼 어렵고 힘든 일을 맞닥뜨렸을 때 힘이 되는 존재가 될 것이라 믿는다.

둘째 아이가 태어나고 5세가 될 때까지 살던 집에는 옥상이 있었다. 옥상엔 우리만의 미니텃밭이 자리했다. 씨앗에서 싹이 나고 자라 열매를 맺는 과정을 아이와 함께했다. 방울토마토, 오이, 고추, 쑥갓, 상추 많은 식물이자 먹을 것들을 위해 매일 함께 물을 주고 자라는 과정을 보고 수확했다. 그렇게 직접 정성 들여 키운 것들은 입안으로 들어갈 때 배로 맛있다. 날이 좋을 땐 옥상에 텐트를 펴고 햇살과 바람을 한껏 느끼며 오후를 보냈으며 다른 곳으로 이사한 후에는 우리 가족이 가장 그리워하는 공간이 되었다. 그렇게 옥상은 우리에게 좋은 추억으로 남았다.

공원을 찾는 날이면 아이가 길가의 돌을 세느라 몇 시간이 흐르기도 했다. 토끼풀을 뜯어 만든 예쁜 왕관을 쓰고 공주처럼 걷는 아이, 햇살에 데워진 바닥이 따뜻하다며 드러눕는 아이가 예쁘고 사랑스러웠다. 비 오는 날엔 무조건 우비 입고 장화를 신고 나갔다. 어린 시절 비를 싫어했던 나와는 달리 아이들은 비를 즐기게 해주고 싶었다. 한껏 느끼고, 첨벙첨벙하다 보면 비는 살에 느껴지는 축축한 것이 아닌 자연 그대로 다가온다.

여행도 빼놓을 수 없는 요소이다. 여행을 좋아하는 내 덕에 남편도 아이들도 '여행'은 언제나 힐링의 시간인데, 아이들과 몇 년을 함께 여행하다 보니 철저하게 계획하고 떠나는 여행은 재미가 없다는 걸 깨달았다. 언제부터인가 숙소와 갈 곳 몇 군데만 정하고 자유롭게 출발하고 있다. 1박 2일에서 2박 3일, 그리고 5박 6일을 넘어 이제는 일주일 여행에도 도전한다. 그러나 기간이 길다고 해서 많은 곳을 보고 오는 것은 아니다. 하루에 수십 군데를 둘러보는 여행이 아닌 한 곳에서 오래 머무는 여행이 좋다. 무엇이든 온전히 느끼려면 충분한 시간이 필요한 법이니까. 시간이 정해진 프로그램 안에서는 느끼기 힘든 것들이다. 함께 손잡고 몸으로 마음으로 느끼는 것들은 천천히 자리한다. 그래서 겉으로 빨리 드러나지 않지만 차곡하게 쌓여 아이만의 세상을 만들어 주리라 믿는다.

"엄마, 나무가 춤추는 것 같아요."
"엄마, 해님이 엄마 '쓰다듬' 해주고 있어요."

바람에 흔들리는 나무를 보며, 엄마의 머리에 햇살이 비치는 것을 보며 예쁜 말을 해주던 아이는 자라서, 이제는 엄마 마음 두근거리게 하는 말을 건넨다.

"엄마, 여행이란 신기하고 재미있고, 좀 피곤하지만 아주 행복한 일인 것 같아. 나 지금 너무 행복해."

그렇게 바닷가에서 주운 작은 소라를 귀에 대고 파도를 느끼는 아이가 있다. 눈을 감고 여행이 주는 선물을 온전히 자신의 것으로 만드는 아이가 있다. 시험지 가득 동그라미가 그려지지 않아도, 친구에게 먼저 다가가 놀자는 말을 하는 사회성 좋은 아이가 아니어도, 어디에서든 예의 바르게 인사하는 아이가 아니어도 괜찮다. 아이는 아이만의 속도대로, 아이만의 길을 열어가고 있다는 걸 믿는다. 그 믿음은 바로 아이와 '함께 한 시간'에 있다.

진미

나도 두 아들이랑 할로윈 준비해보고 싶어.
이놈들이 쑥대밭을 만들지 않을까 걱정은 되지만;;;

답글

└ **지해**

쑥대밭도 나름의 추억이 되지 않을까? ^^;; 우리만의 방식대로 말이지.
요즘은 학원에서도 어린이집이나 유치원에서도 행사를 많이 하더라.

미영

아이들에게 감성 충만한 시간을 만들어준 당신에게 박수를…….
그 시간이 아이들에게 큰 힘이 되어줄 거야.

답글

└ **지해**

고마워. 나 또한 그러길 바라. 무엇이든 완벽한 건 없으니.
각자에게 맞는 방법을 찾아 믿고 해나가야 한다고 생각해.

이빨 요정이 찾아와요

첫째 아이의 첫 유치가 빠진 날은 첫 이가 나던 날만큼이나 신기하고 뭉클했다. 글로 표현할 수 없는 감정이 마음을 가득 채웠다. 빠진 이를 보라며 "이~"를 반복하던 아이의 얼굴이 선하다.

영화 '가디언즈' 덕분에 이빨 요정이 존재한다고 믿는 아이의 마음을 지켜주고 싶었다. 아쉽게도 첫 이는 유치원에서 잃어버려 이빨 요정이 다녀가지 못했다. 두 번째 발치, 아이는 빠진 이를 종이에 고이 싸매고는 예쁜 글씨로 또박또박 '이빨'이라 적었다. 그리고는 베개 밑에 두고 잠이 들었다.

그날 밤 이빨 요정이 다녀갔다. 급하게 준비하느라 가지고 있던 하트모양의 작은 열쇠고리를 놓아두었는데, 실망하면 어쩌나하는 나의 걱정과는 달리 아이는 세상을 다 가진 듯 좋아했다.

"엄마, 정말 이빨 요정이 왔었나 봐요, 봐봐~ 내 이빨(치아)도 없어지고, 여기 선물도 있잖아."

그 날 이후로 난 '요정'이라는 예쁜 이름을 얻게 되었다. 아이들과의 놀이에서는 늘 '마녀' 같은 악역을 맡는 내가, 아이의 이가 빠지는 날은 이름만으로도 사랑스러운 요정으로 변신한다.

이름 따라 변하는 것인지, 요정이 되는 날은 선물을 받을 아이와 함께 나 또한 설레고 기쁘다. 뭐든 하다 보면 노하우가 생긴다. 이가 빠질 것 같은 기미가 보이면 미리 선물을 준비해 놓았다. 평소에 아이가 관심을 보이던 수첩 등 별것 없는 작은 선물이다. 덕분에 아이는 이가 빠지는 날이면 뺄 때의 아픔과 두려움은 잠시, 선물을 기다리며 두근두근 이를 잘 싸매고 베개 밑에 두고 잔다. 아이가 깨지 않게 살금살금 고양이처럼 잘 바꿔치기 하는 건 요정의 몫이다.

"어? 선물이네? 혹시 엄마가?"
"이건 뭐야? 또 이빨 요정이 다녀갔나 보네. 엄마는 처음 보는 건데?"
"그럼 혹시 아빠가?"
"아빠는 요정이 될 수 없어. 안 어울리잖아."

"히히히히."

아이는 이제 조금 컸다고, 이빨 요정에 대한 의심이 드나보다. 빠졌던 이들이 나오며 아이의 얼굴 골격도 어린이다워지는 것 같다. 볼 때마다 다른 아이가 되어 있다. 육아로 힘이 들 땐 얼른 자라주었으면 하다가도, 자라는 만큼 엄마인 나와의 거리가 넓어지는 것 같아 마음 한편이 시리다. '빨리 자라주길'과 '조금만 천천히 자라주길'이 함께한다.

크리스마스 때면 아이들은 산타의 선물도 기다린다.

"이번 크리스마스엔 닌텐도를 선물해주세요, 산타할아버지."
"산타할아버지가 그리 부자는 아니란다."
"엄마, 혹시……. 아빠가 산타할아버지야?"
"아빠는 할아버지가 아니잖아."

아빠는 할아버지가 아니라는 말에 아이는 심각하게, "아……." 하며 고개를 끄덕였다. 산타할아버지가 루돌프를 타고 오는 게 아니라는 건 알겠는데, 그다음은 아직 아리송한 9살이다. 둘째 아이는 선물로 건전지(장난감 스마트폰에 넣을)를 받고 싶다고 할 만큼 더 순수하다.

나의 어린 시절엔 단 한 번도 산타할아버지와 이빨 요정이 찾아오지 않았다. 어릴 땐 몰랐는데 다 자라 생각하니 서운하고 아쉬운 마음도 있었다. 이제, 아이들과 함께하며 원 없이 만나는 중이니 서운한 마음은 훌훌 털어야겠다.

첫 이는 그리도 호들갑스러웠는데, 빠지는 이가 늘어갈수록 감흥이 덜해진다. 뭐든 경험해 본 것들은 설레는 일이 적다. 덕분에 둘째 아이의 모든 성장은 첫째 아이에 비해 감동 받는 일이 적은 듯하다. 하지만 의심을 시작한 첫째 아이와는 다르게 어서 이빨 요정이 주는 선물을 받고 싶다며 이가 빠지기를 기다리고 있는 둘째 아이가 있으니, 이빨요정이든 산타할아버지이든 아이들이 있다고 믿을 때까지는 열심히 달려야겠다.

이 이야기들을 훗날 마주 앉아 웃으며 나눌 수 있기를. 또 하나의 소중한 추억이 될 수 있기를 바란다.

진미

이빨 요정을 소재로 한 그림책 작업해보는 건 어때?
우리 애들은 이빨 요정보다 이빨 '좀비'에 환호할 거야.

답글

지해

좋은 아이디어 감사해.
이빨 좀비도 괜찮은데?? 하하하하하.

미영

이 빼는 게 무서운 아이들에게 이빨 요정 프로젝트 딱이다~

답글

지해

지금 딱!! 둘째 아랫니가 흔들려.
무지 기대하고 있는 아이를 보며 선물도 미리 준비했어. ^^

그리고 만들며 마음을 읽다

첫째 아이는 많이 예민한 편이다. 낮잠을 자야 건강히 잘 자란 다고들 하는데, 자는가 싶으면 눈을 뜨던 아이는 초보엄마인 나를 늘 걱정하게 만들었다. 아빠에게조차도 안기기를 거부하는 '엄마 껌딱지'이자, 눕히자마자 잠에서 깨는 '등센서'의 소유자였다. 그래서 더 아이와의 놀이에 집착을 했는지도 모른다. 뭐라도 하지 않으면 답답하고 힘든 감정이 올라와서.

무언가를 그리고 색을 입히고 만드는 동안은 아이에게도, 나에게도 웃음꽃이 피었다. 아동미술심리 수업을 들으며 알게 되었다. 미술 활동은 어른과 아이 모두에게 치유의 시간을 선물한다는 것을. 감정을 끌어내어 해소하고, 안정감을 주는 시간이라는 것을 말이다. 그렇게 우리는 매일 무언가를 그리고, 만들며 마음을 나누었다.

풍선에 아빠 얼굴을 그리며 보고 싶다고 말하던 아이. 그 당시 남편은 아이가 깨기 전에 출근해 잠들면 퇴근하는 바쁜 아빠였다. 간만에 본 아빠가 안아주려 하면 피하던 아이의 속마음은 보고 싶은 마음이었다. 내가 보고 싶을 때 마음껏 볼 수 없는 아빠에 대한 서운함이 함께 했는지도 모른다.

둘째 임신 중일 때는 배 속에 동생이 있는 엄마를 수없이 그렸다. 동생을 기다리던 아이이다. 하지만 동생이 태어나며 아이는 더 많이 예민해졌다. 지금도 이야기를 한다.

"엄마, 나 네 살 때 동생한테 질투 많이 났어. 엄마가 동생편만 들고 그랬잖아."

아이의 말은 늘 나를 돌아보게 한다. '더 어린' 아이를 돌보느라 '조금 큰' 아이를 '다 자란' 아이 대하듯 했나 보다.

커다란 박스를 통째로 물감으로 칠하던 날은, 재잘재잘 말이 끊임이 없었다. 아이의 감정이 색으로 모양으로 비쳤다. 불이 났다며 빨간색으로 칠하더니, 엄마가 없어 혼자 불을 꺼야 한다며 다시 파란색으로 칠하자 보라색으로 변했다.

"엄마가 없어서 혼자 불을 껐구나. 혼자서도 씩씩하네."

"엄마는 동생이랑 집에 있었어."

그렇다. 난 둘째 아이를 안고 업고 먹이느라 첫째 아이를 챙길 타이밍을 늘 놓쳐왔다. 그래도 아이는 씩씩하게 홀로 불을 꺼 나갔다. 그 후로도 많은 색을 덧칠하고 섞으며 커다란 박스 하나를 빈틈없이 칠하고 난 아이는, 한껏 웃으며 자랑을 늘어놓았다.

아이들은 자신의 감정을 말로 정확히 표현해내기 힘들다. 어른도 그러하다. 특히나 작은 것까지 예민하게 받아들이던 첫째 아이는 쌓이는 감정이 많았다. 지나고 나서야 생각하니, 이런 과정들을 통해 해소할 수 있는 시간이 필요한 아이였다. 아이가 스스로 그 방법을 찾아낸 것일지도 모른다.

그림책을 읽고 나면 관련 미술 활동을 했다. 주인공을 그려보거나, 책 속에 등장한 건물을 만들어보거나, 그림자놀이를 하는 등 아이와 즐기며 자연스레 마음을 주고받는 시간을 가졌다. 그림책은 펼쳐보는 것만으로도 마음이 정화된다. 아이와 어른 모두 작은 예술작품 안에서 주인공이 되어 함께 모험을 하고, 울고, 웃으며 내 안에 다양한 감정을 만나고 들여다볼 수 있다. 그런 점에서 아이와의 소통은 그림책만 한 게 없다고 생각한다.

다행스럽게도 둘째 아이가 자라고 나니 둘이 함께 논다. 둘만의 놀이를 할 때 내가 끼어들면 오히려 놀이가 '놀이가 아닌 것'이 되어버린다. 엄마에게 들러붙어 놀아달라던 아이에게, 매일 티격태격 하지만 평생 친구가 생긴 것이다.

스마트 폰이 아이들의 하루 반 이상을 차지하는 요즘 같은 때, 나와 쌓은 시간들 덕에 아이들은 스스로 놀 거리를 찾을 줄 안다. 자기들만의 성을 만들고, 탑을 쌓고, 책을 보고, 그림을 그리며 시간을 보낸다. 심심하다고 푸념을 하다가도 어느새 무언가에 집중하고 있는 아이들을 발견한다.

지나서 생각해보니 아이와 놀 수 있는 시간도 그리 길지 않다. 힘들다고 생각했던 시간이 이젠 추억이 된 것이다. 그 시절로 다시 되돌아가서 더 많이 안아주고, 사랑해주고 싶어도 그럴 수 없게 되었다. 함께 할 수 있을 때, 많이 안아줄 수 있을 때, 아이가 엄마를 필요로 할 때를 놓치지 말자.

진미

손자손녀에겐 후회 없이 넉넉한 사랑을 베푸는 할머니가 될 수 있을까?
아이들 자는 모습을 보고 있으면 미안해.

답글

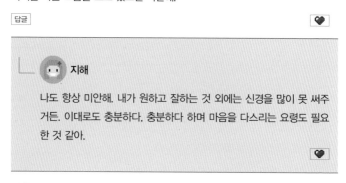

지해

나도 항상 미안해. 내가 원하고 잘하는 것 외에는 신경을 많이 못 써주
거든. 이대로도 충분하다, 충분하다 하며 마음을 다스리는 요령도 필요
한 것 같아.

미영

생각보다 그 시기를 놓치는 경우가 많은 거 같아. 특히나 둘째와 터울이 별로 지
지 않는 경우 첫째를 챙기지 못하고, 둘째가 태어나서 돌보느라 바쁘니 말이야.

답글

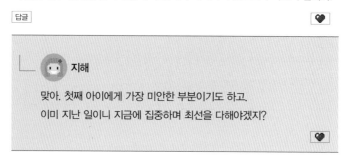

지해

맞아. 첫째 아이에게 가장 미안한 부분이기도 하고.
이미 지난 일이니 지금에 집중하며 최선을 다해야겠지?

육아 더하기

아이와 즐기는 감성놀이

❤ 자연물 놀이, 계절액자

아이들이 사계절을 한껏 느낄 수 있는 곳은 자연이 아닐까 생각한다. 꽃이 피고, 나뭇잎의 색이 변하는 걸 보고 느끼는 시간이 아이들의 몸과 마음 모두를 건강히 자라게 한다.

자연을 더 잘 느낄 수 있도록 계절이 바뀔 때마다 계절 액자를 만든다. 준비물은 간단하다. 명절에 들어오는 식용유 등의 선물 박스 (세워 놓으면 튼튼한 액자로 변신한다)와 다양한 자연물이다. 자연물은 공원이나 산책길에서 뛰놀며 주워온 것들이다. 주로 직접 주워온 나뭇가지, 나뭇잎, 꽃잎 등을 붙여 계절을 표현한다. 계절에 따라 색지나, 솜, 조개껍질 등을 활용해 다양하게 표현해보자. 아이들만의 멋진 계절액자가 완성된다.

봄나무 액자

여름바다 액자

가을나무 액자

풀과 나무 사이에서 뛰노는 아이들의 표정을 보면
알 수 있다. 행복하다는 것을.
고로, 재료는 엄마가 준비하는 것이 아닌 아이가
보고 만진 것으로 준비하자.

버려지는 스티로폼이 있다면 가을 숲을 만들어보
자. 손과 눈 협응력이 있는 개월 수의 아이라면 가
능하다. 나뭇가지, 버들강아지 등을 꽂고, 도토리
등의 열매를 얹어 완성한다.

48

💜 자연물 감성놀이를 공동육아 현장에서

자연 속 공동육아 현장은 어떨까? 많은 인원이 함께한다면 더 풍성한 놀이로 이어질 수 있다.

하나, 팀을 나누어 색색의 낙엽, 나뭇가지, 돌맹이를 모으자. 모은 자연물로 각 팀만의 작품을 만든다. 이때 주제를 간략히 정해준다면 연령대가 적은 아이들도 쉽게 참여할 수 있다.

둘, 도화지에 얼굴 형태만 그려 준비한다. 아이들이 직접 찾은 자연물로 눈, 코, 입, 머리 등 나만의 '자연물 얼굴'을 완성한다. 결과물도 중요하지만, 아이들이 만드는 과정을 관심 가지고 기다려주는 마음이 필요하다.

완성 후 각자의 작품을 나누는 시간도 가져보자. 그 밖에 도토리(또는 돌맹이) 공기놀이, 나뭇잎 관찰하고 그리기, 돌맹이에 그림 그리기 등 자연물을 활용한 다양한 놀이를 시도해보자.

💜 각자의 순간을 필름 카메라에 담아

가족 여행을 간다면 모두가 일회용 필름 카메라를 들고 떠나보는 건 어떨까? 필름카메라로 찍은 사진은 찍고 지우고를 반복하며 얻어진 디지털 사진과는 다르다. 같은 시간, 같은 장소에 함께 했지만 아이들의 순간들은 어른과 다르다는 것도 알게 된다. 현상한 사진을 앨범에 정리하며 아이들이 찍은 사진은 직접 제목이나 느낌을 적게 한다. 각자의 이야기가 모여 가족의 이야기가 만들어질 것이다.

💜 특별한 날을 만들자

아이들과 즐길 수 있는 특별한 날을 만들자. 유치가 빠진 날은 '이빨 요정이 찾아오는 날', 아빠 생일은 케이크를 직접 만들고 풍선을 불어 '생일파티를 준비하는 날', 크리스마스엔 예쁜 조명을 달고 함께 '우리만의 트리를 만드는 날', 할로윈 데이는 소품을 직접 만들고 꾸미며 '할로윈 파티하는 날', 어린이날은 칭찬할 메시지를 담은 메달과 함께 젤리 한 봉지를 선물하는 '칭찬 메달 받는 날', 새해 첫날은 '뒷산 정상까지 오르는 날' 등등 우리 가족만의 특별한 날을 만들고 또 만들어 보자. 소소하지만 특별한 우리만의 추억을 쌓으며 가족 사이의 유대감도 강해질 것이다.

멀리 어딘가를 가야만 여행이 아니다. 가까운 뒷산도, 동네 공원도 부모와 함께라면 아이들에겐 특별하다. 값비싼 선물이 아니어도, 화려하고 넓은 파티공간이 아니어도 충분히 즐거운 파티를 즐길 수 있다. 모든 것이 다 갖춰진 교구나 장난감만이 아이들에게 좋은 것은 아니다. 버려지는 휴지심 하나로도 외계인을 만들고, 표정을 만들어 감정을 표현하고, 탑을 쌓을 수 있다. 조급해하지 말자. 마음은 부모와 함께하는 시간 속에서 천천히 자라난다.

진미

계절액자 대찬성~ 문제는 보관인데, 난 애들이 만든 거 며칠 내로 버리는 스타일이야. 마음에 간직하자는 말과 함께. ㅋㅋㅋ

답글 ❤

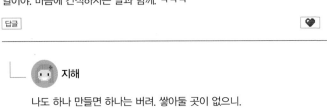 **지해**

나도 하나 만들면 하나는 버려. 쌓아둘 곳이 없으니.
요즘엔 유치원에서도 만들어오는 것들이 많더라고. 둘 곳이 없어.

❤

 **미영**

사소한 것으로도 아이들과 특별하게 놀 수 있는 팁들이네.

답글 ❤

 **지해**

어린 나이에만 가능한 일이기도 한 것 같아.
몇십만 원짜리 장난감보다 훨씬 좋다고 생각해.

❤

집에 있기 싫어요

워낙 돌아다니는 걸 좋아하는 나는 아이를 출산한 후 차가 없어서 외출이 어려웠다. 첫째 아이가 돌이 지나 '좀 나가볼까' 싶었을 때도 둘째 아이를 임신 중이여서 먼 거리를 돌아다니는 건 무리였다. 연고지에 사는 것도 아니었고, 교통편이 잘 되어있지도 않았다. 이사 온 지 1년밖에 되지 않은 곳이라 대중교통의 정보도 없었고 지금처럼 대중교통 앱이 보편화 되어 있지도 않았기에 외출은 자연스럽게 줄어들었다. 주변에 놀이터가 없어 집에만 있기 일쑤였고, 가끔 오일장이 서면 장에 가서 이것저것 구경하고 장을 봐오는 게 전부였다.

아이가 조금 자라서 움직일 수 있게 되고, 집 근처에 지하철이 생기면서 나의 생활은 밖으로 밖으로 나가게 되었다. 그동안 집에 있었던 것을 싹 잊을 만큼 열심히 외출하기 시작했다. 도서관으로 전시회로 박람회로 공연장으로 야외로.

특히 블로거로서 시작한 서포터즈 활동이 외출의 시작을 여는데 큰 도움이 되었다. 서포터즈 활동을 하면 보통 발대식을 하는데 모여서 간식이나 점심을 제공해주는 것이 대부분이다. 발대식에 가면 외출도 할 수 있기에 아이와 함께할 수 있는 발대식이라면 꼭 참석했다. 그 발대식을 계기로 '강지해'라는 사람을 만났고, '김진미'라는 사람 역시 기자단 발대식에서 만났다.

코엑스나 킨텍스, AT센터 등에서 열리는 박람회에 가는 것도 좋아했다. 인터넷으로 미리 사전신청하면 육아박람회, 교육박람회, 음식박람회 등은 무료로 참여할 수 있다. 이런 박람회는 아이 둘을 데리고 지하철을 타고 방문했다. 박람회에서 다양한 정보도 얻고 아이들도 다양한 경험을 할 수 있기에 일석이조의 기회였다. 특히나 어린이집을 다니지 않는 아이 둘을 계속 데리고 있었기에 아이의 사회성 발달을 위해서 박람회에 자주 들렀다. 박람회에 가면 아이에게 카탈로그 심부름이나 계산을 할 때 돈을 내는 등 사람과의 관계성을 만들어주기 위해 노력했다.

아이 둘을 키우고, 남편 혼자 생활비를 버는 외벌이였기에 자주 가진 못했던 전시회는 이벤트를 통해 초대권을 받으면 꼭 참석했다. 특히 체험형 전시회는 아이의 견문을 넓혀주고, 다양한 시각을 가질 수 있기에 좋아하는 외출 장소다. 기억에 남는 전시회는 앤서니 브라운 전시회다. 그림책에서 만났던 장면들에 들어가기도 하고, 그림책을 꾸며볼 수도 있어서 재미 그 이상이었다. 아이도 나도 즐거웠다.

공연장 역시 금액 때문에 자주 가는 것이 어려웠다. 하지만 다양한 공연 서포터즈 활동으로 아이들에게 풍성한 공연을 보여줄 수 있었다. 인형극 서포터즈, 뮤지컬 서포터즈, 연극 서포터즈 등. 예전에 구름빵 뮤지컬 공연을 볼 때는 둘째는 수유 중이었고, 큰아이는 아장아장 걸었을 때였는데, 공연 보다가 우는 아이 덕분에 한쪽 구석에서 수유하는 해프닝도 있었다.

시사회 역시 이벤트를 신청해서 관람했는데, 영화가 개봉하기 전에 미리 본다는 점도 매력적이었다. 보통 시사회 이벤트에서는 티켓을 2장 주는데 최근에는 티켓을 3장 이상 주는 시사회를 신청하고 있다. 어렸던 아이들이 크니 각자의 자리가 필요해 티켓 2장으로는 무리가 되기 때문이다.

발품을 팔아 이곳저곳 부지런하게 돌아다니며 다양한 경험을 모아 나갔다. 사소한 경험 하나하나가 아이를 구성한다고 생각하니 어느 것 하나 놓칠 수 없었다. 아이들도 어릴 때부터 엄마와 공연장과 시사회를 보러 다녀서인지, 유치원에 등원해서 공연이나 영화를 보러 가면 자리를 이탈하는 아이들과 달리 자리에 앉아서 잘 공연과 시사회를 관람하는 건 그동안의 경험이 큰 몫을 하지 않았을까 짐작해본다.

진미

큰아이랑 무료 뮤지컬과 연극을 몇 번 본 적이 있어. 그런데 집에 있는 둘째에게 미안하고 찜찜했어. 둘째 아이 성향도 고려하다 보니 성남아트센터 무료전시를 보는 게 접근성도 좋고 부담 없더라. 뛰어놀 공간이 많은 양평군립미술관도 개인적으로 추천해.

답글 ♥

　　　 미영

추천해준 성남아트센터랑 양평군립미술관도 가볼게.
고마워~

♥

지해

나도 바깥세상을 좋아하지만, 친구는 못 따라가지. ^^;;

답글 ♥

　　　 미영

그런가. ^^

♥

여름 방학은 밖에서

꽉 찬 4살까지 엄마와 함께한 우리 아이들은 생활이 방학이었다. 어린 아이들이 방학이라는 걸 알 리 없지만 매일이 방학이었던 아이들에게 방학이라는 개념이 생긴 건 유치원에 다니기 시작한 5세 이후다.

아이 둘을 데리고 있다 보니 주위 사람들로부터 왜 어린이집 보내지 않느냐는 소리를 많이 들었다. 그러나 아이에게는 엄마가 가장 좋은 선생님이라는 믿음과 엄마의 사랑을 많이 주고 싶다는 생각에 데리고 있었다. 지나고 나서는 못 해준 것이 더 많이 생각나 아쉽기도 한데, 데리고 있었던 그 자체를 후회하지 않는다.

집에만 있다가 유치원에 가게 된 아이는 처음에 힘들어했다. 매일 엄마와 함께 있다가 갑자기 규칙을 지켜야 하고, 정해진 시간에 무언가를 하는 것이 어려운 일이였을 테다. 그러나 사회성을 높여준다는 생각과 함께 유치원은 피할 수 없는 선택이었다. 지금 생각하면 조금 더 데리고 있을 걸 그랬나 하는 생각도 들지만, 아마 다시 그 시간으로 돌아간다 해도 아이를 유치원에 보냈을 것 같다.

아이가 유치원에 가게 되면서 가족과 함께 있는 시간은 줄어들었다. 대신 방학기간을 활용하기로 했다. 그래서 여름방학은 집에 있는 시간보다 밖에 있는 시간이 길었다. 여름은 무척 더웠고 집에 있는 것보다 외출하는 게 더 시원했다. 특히 에어컨이 틀어져 있고, 읽는 즐거움이 있는 도서관은 최고의 피서지다. 게다가 도서관 매점에서는 식사 한 끼도 뚝딱 해결할 수 있었다.

특히 여름방학은 방학하기 1~2달 전에 예약과 모든 스케줄이 정리되기에 미리미리 약속하지 않으면 만날 수 없는 게 우리 가족이었다. 게다가 여름 방학은 야외에서 놀거리가 많아서, 덥지만 신나고 일 년 중에 가장 기다리는 기간이기도 하다. 아빠가 휴가를 낼 수 있어 평일에도 아빠와 함께할 수 있고, 다양한 체험을 즐길 수 있기 때문이다. 여름 방학을 이렇게 밖에서 꽉꽉 채우면 그 추억으로 일 년이 행복하고 즐겁다.

아이가 유치원을 다닐 때는 방학이 딱 2주라 갈 수 있는 곳에 한계가 있었다. 그러다 큰아이가 학교를 입학하면서부터는 방학은 진정 긴 연휴가 되었다. 초등학교 첫 방학에는 집에 있는 날이 며칠은 있었고 두 번째 방학에도 집에 하루 종일 있었던 날은 손을 꼽을 정도였다. 바닷가에서 아빠와 함께하는 캠핑, 친구들과 함께하는 수영장 물놀이, 이모와 함께하는 지방 여행 등 여행을 다녀와서 짐을 풀고 나면 다시 짐을 싸야 할 정도였으니 아이에게 그 여름방학은 하루하루가 축제였다.

진미

꽉 찬 4살까지 두 딸을 집에서 키웠다는 이야기는 들을 때마다 놀라움 그 자체야. 자기 그렇게 위대한 엄마야?

답글

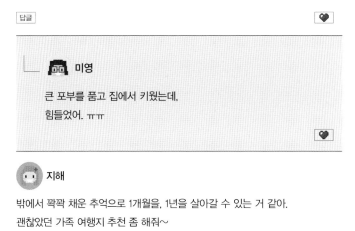
└ 미영

큰 포부를 품고 집에서 키웠는데,
힘들었어. ㅠㅠ

지해

밖에서 꽉꽉 채운 추억으로 1개월을, 1년을 살아갈 수 있는 거 같아.
괜찮았던 가족 여행지 추천 좀 해줘~

답글

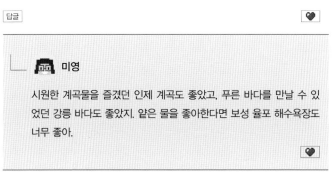
└ 미영

시원한 계곡물을 즐겼던 인제 계곡도 좋았고, 푸른 바다를 만날 수 있었던 강릉 바다도 좋았지. 얕은 물을 좋아한다면 보성 율포 해수욕장도 너무 좋아.

추억과 경험을 선물합니다

경험이 중요하다고 생각하는 나의 육아관 덕분에 아이들에게 다양한 경험을 해주려고 노력하는 편이다. 물론 책으로 느끼는 간접적인 경험도 중요하지만 직접 해보는 것이 더 많이 아이들의 기억 속에 남는다는 것을 알고 나서부터는 되도록 직접 경험할 수 있는 기회를 만들어 주고 있다.

아이들이 자라니 부모의 도움 없이 직접 할 수 있는 활동도 많아져 그 반경이 넓고, 더 광대해지기 시작했다. 공연장에서 직접 공연을 보면서 느껴보기, 동물을 보고 만지면서 느껴보기, 식물 찾아보기 등 아이들이 경험해 볼거리는 주위에 널려있다. 비용이 드는 것도 있지만, 때로는 비용이 들지 않아도 아이들이 느낄 수 있도록 해주는 건 어렵지 않다.

공연을 통해 풍부한 경험을 느낄 수 있도록 해준 건 아이들이 꽤 어렸을 때부터이다. 어린이 뮤지컬이나 인형극, 영화 시사회를 통해 문화적 경험을 하도록 노력했다. 지방 축제를 통해서 만날 수 있기도 한데, 그 대표적인 것이 '안동국제탈춤페스티벌'이다. '안동국제탈춤페스티벌'은 개천절 즈음에 하는 지역축제로, 해외의 탈춤공연 팀들을 초청해 이들의 공연을 한자리에서 만날 수 있다. 보통은 한국 사람들이 하는 공연은 자주 볼 수 있지만 다른 나라의 사람이 하는 공연은 보기가 쉽지 않기에 선택했는데, 아이들의 만족도도 높았다.

활동반경이 넓어진 것의 시작은 큰아이의 두 번째 여름 방학이다. 첫 번째 여름방학에서 알게 된 부족함을 두 번째에 채울 수 있었기에 더 알찼다. 콘셉트는 따로 없었지만 다 지나고 보니 전국 투어였다. 경기도에서 캠핑, 경상도에서 고모할머니 집 방문, 충청도에서 할머니 집 방문, 강원도에서 아빠와 함께하는 여름휴가까지. 경상도까지 갔는데 전라도를 방문하지 못하고 온 아쉬움이 있지만, 약 한 달간의 방학 기간 동안 경기도, 경상도, 충청도, 강원도를 다녀올 수 있었던 건 그동안의 경험치 때문이 아닐까.

내년에는 전국 일주를 하고 싶다. 아이 둘이 초등학교에 입학하면 도보로 전국 여행을 다니고 싶다는 생각이 들었는데, 그게 바로 내년이다. 자동차로 여행을 하면 편하고 좋겠지만, 운전하는 엄마는 피로가 쌓인다. 아이들도 그 편리함이 당연하게만 느낄 수 있다.

그동안 함께 걸어 다니면서 챙겨둔 체력과 에너지를 모아서 전국여행 계획을 세우고 있다. 각자의 짐을 들고 도보 여행을 할 계획이다. 또한 엄마 혼자 계획하는 독단적인 여행이 아니라 아이와 함께 하는 여행을 계획하고 싶다. 여행의 주도권을 아이에게 줌으로써 여행의 즐거움을 시작부터 함께하고 나누고 싶다. 이제 3학년이 된 아이도 자신의 주장이 강해졌기에 여행의 방향성을 이야기하고 과정에서의 장소 고르기는 아이에게 맡기는 것도 좋은 경험, 추억이 되리라 생각한다. 그렇게 여행하는 장소나 여행하는 방법 등에 대해 이야기를 나누며 매일의 여행을 꾸리고 싶다.

아빠도 함께하면 좋겠지만 출근을 해야 한다. 상황이 된다면 평일에 출발해서 여행을 하고 있다가, 아빠와 함께 캠핑장에서 회우하는 방법도 생각하고 있는데, 이 역시 아이와 아빠가 허락해야 할 일일 테니 이 계획이 현실이 되길 바라며 이렇게 글로 남겨본다. 쓰면 이루어진다고 하지 않았던가. 이 책이 나올 때쯤 정말 아이와 도보 전국 여행이 실현되어 있길 바란다.

진미

난 매일이, 하루하루가 여행이란 생각이야. 상황이 허락하여 멀리 여행하게 된다면 인도랑 아프리카에 가고 싶어.

답글

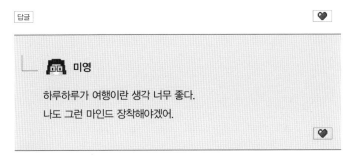

└ **미영**

하루하루가 여행이란 생각 너무 좋다.
나도 그런 마인드 장착해야겠어.

 지해

도보 전국여행 나도 많이 당기네. ^^
아이들과 함께하는 소중한 하루하루를 응원해!!

답글

└ **미영**

고마워.
친구도 도보여행 고고!

캠핑의 시작은 어떻게?

나의 캠핑의 역사를 기억해보면 내가 내 아이의 나이만큼 어렸을 때의 일이다. 여행을 좋아하고 외출을 좋아하는 부모님과 함께 살았던 나는 도보 여행만큼이나 캠핑을 자주 했다. 지금이야 캠핑 사이트가 구축되어 있어 전기를 사용할 수 있는 오토캠핑이 많지만 그 당시에는 노지캠이라고 불리는 전기 없이 하는 캠핑이 일반적이었다. 밤에는 후레쉬, 랜턴을 이용해서 이동하고, 주위 으슥한 곳에서 볼일을 봤었다. 산과 강 어디에서나 취사가 가능할 때라 이런 캠핑이 가능했다.

계곡 주변에 텐트를 치고, 팬티 바람에 물속에서 놀고, 판판한 바위를 주워와 불을 피워 삼겹살을 구워 먹던 기억이 아직도 생생한 걸 보면 나의 캠핑 기억은 생명력이 강하다. 게다가 이 강력한 캠핑의 기억이 너무나 행복하고 좋았던 기억으로 가득하기에 아이에게도 이 기억을 담아주고 싶었다.

캠핑은 엄마 혼자, 혹은 아빠 혼자 가서 아이와 함께 텐트를 치고 하룻밤 자고 올 수도 있겠지만, 가족 구성원 중 한 명이 빠지고 가는 건 의미가 없다고 생각해, 신랑에게 슬며시 캠핑 이야기를 꺼냈었다. 처음 반응은 그다지 좋지 않았다. 캠핑을 많이 해보지 않은 사람 생각에는 짐을 잔뜩 싸가서, 불편하게 잠을 자고, 음식을 해 먹고 하는 과정이 즐거움보다 싫은 마음이 더 컸을 것이다. 그래서 글램핑도 해보고 동생네 부부와 함께하는 캠핑을 통해서 자연스럽게 캠핑을 접하게 했고, "캠핑 장비를 사면, 내가텐트를 치고, 내가 뒷정리를 할게."라고 호언장담하는 내 모습에조금씩 조금씩 마음을 열기 시작했다.

최근에는 한 달에 한 번은 캠핑하고, 여름에는 한 달에 두 번이상 나갈 정도이니 장족의 발전이다. 캠핑에 한창 재미를 느끼고, 장비를 사기 시작하는 남편 덕분에 요즘 아이들도 나도 캠핑이 더 즐거워졌다. 최근에는 남편에게 슬며시 "캠핑가고, 캠핑하는 게 어때요? 어떻게 시작하려는 마음을 먹은 거예요?"라고 물었더니, "캠핑가면 아이들이 너무 행복해서, 나도 자연스럽게캠핑을 이어가게 되었어."라는 대답을 들었다.

우리 부부는 아이가 행복하면 우리도 행복하다고 생각한다. 그 래서 요즘 우리의 캠핑은 너무나 즐겁다. 캠핑을 가서 자연과 함께하는 즐거움과 낯선 곳에서 만나는 행복, 집이 아닌 곳에서 느끼는 가족애가 우리를 더 끈끈하고 단단하게 해주는 건 아닐까?

해보지 않았다면 글램핑으로 천천히 조금씩 해보라고 권하고 싶다. 자연을 쉽게 만날 수 없는 환경에 있는 우리 아이들에게 자연과 함께하는 즐거움을 만끽하게 해줄 수 있는 건 캠핑이다. 밤하늘 가득 별이 쏟아지고, 장작을 태우면서 나누는 이야기들, 함께 뛰놀고, 같이 만드는 음식으로 집에서 느끼지 못했던 감정들을 느낄 수 있는 곳이 바로 캠핑장이다.

캠핑을 처음 시작할 때는 처음부터 비싼 장비보다는 가성비 좋은 장비를 구입해 캠핑 횟수를 늘리는 게 좋다. 누군가의 추천보다 직접 사용해보고 필요한 물건을 찾는 게 좋다. 이는 가족마다 라이프 스타일이 다르기에 필요 장비 역시 다르기 때문이다. 또한 텐트를 치는 위치는 이슬이 올라올 수 있는 잔디밭 사이트보다 데크나 파쇄석 사이트가 좋다. 아울러 개수대와 편의시설이 가까운 곳도 좋은 장소지만, 사람들이 많이 오가는 곳이기 때문에 한적한 곳을 원하는 사람은 피하는 것이 좋겠다. 마지막으로 아이가 있다면 화장실이 가까운 곳을 선택하는 것이 팁이다.

살아있는 교육을 할 수 있는 곳이기도 하면서, 항상 스마트폰과 함께하는 아이들에게 새로운 즐거움을 찾아줄 수 있는 캠핑장. 시작은 반이라고 캠핑을 이참에 한번 시작해보는 것도 캠핑 3년 차 우리 부부가 아이들과 친해지는 방법으로 강력 추천한다.

진미

친정 부모님이 이미 여행을 좋아했던 분들이구나.
다음 세대까지 이어질 가문의 습관을 만들어가야겠어.

답글 ❤️

>  미영
>
> 부모님께 물려받은 유전자이지. ^^
> 친구도 습관을 만들어보아.
>
> ❤️

 지해

우리가 바로 글램핑으로 불을 조금씩 지폈지.^^
남편이 조금씩 마음의 문이 열리고 있어.

답글 ❤️

>  미영
>
> 남편 마음의 문이 활짝 열리길…….
>
> ❤️

제2장

독박육아에서
공동육아로

▷ PLAYER1   ▷ PLAYER2   ▷ PLAYER3

나쁜 엄마의 좋은 시작

결혼을 결심했을 때 앞으로 그려나갈 결혼 생활에 대한 빅피처가 없었다. 식탁이 넓으면 좋겠다는 막연한 주방 그림뿐이었다. 임신을 준비할 때도 마찬가지다. '아이가 둘이면 좋겠네.'라고 머릿수를 생각했지 아이를 어떻게 어떤 방식으로 길러보겠다는 계획을 세우지 않았다.

조리원 생활을 끝내고 집에 온 첫날, 잠 안 자는 아기에게 소리를 지르며 무대책 육아를 시작했다. 자기애가 강한 데다 엄마 준비도 되어있지 않던 나는 매일 툴툴대는 철부지 엄마의 삶에 시동을 걸었다. 아이 키우기 힘들었다. 키우는 요령이 없어 힘들기보다 힘듦을 나눌 사람이 없어 힘들었다. 외로움과 힘듦을 나누려고 매일 친정엄마와 수다를 떨었다. 전화기 너머에서 경청하던 엄마가 속삭이셨다.

"딸아. 앞으로 친정집 그리워하지 말고 동네에서 사람을 찾아보아라. 여기가 아무리 그리워도 너는 이제 그 동네에 정을 붙여야 한단다."

맞는 말씀이셨다. 아기의 출생신고를 마친 이상 먼 거리의 친정집을 그리워하기보단 이곳에서 나의 사람을 찾아야 했다. 희한했다. 신혼집 근처에서 사귄 엄마들은 심리적인 거리가 멀었다. 가까이 있으니 만날 기회는 충분한데 모이기만 하면 다른 세상 사람과 어울리는 것 같은 거리감이 느껴졌다. 특히 육아 방식의 차이를 좁히기 힘들었다. 나는 아이에게 이유식 먹이고 걸음마 시키며 언성 높일 때가 제법 있었는데 주변 엄마 중에는 아이에게 버럭하는 성향이 없어 그녀들과 만날 때면 육아 방식이 비교되고 주눅 들었다.

다양한 자리를 통해 엄마를 사귀려 노력했다. 그 중 마음이 통했던 사람은 임산부 필라테스 교실에서 만난 엄마다. 알록달록 예쁜 양말과 거기에 어울리는 색상의 머플러를 두르고 다녀 유독 눈에 띄었다. 보는 사람을 기분 좋게 만드는 컬러였다. 나중에 안 사실이지만 미술을 전공했기 때문에 컬러본능이 드러난 경우였고 알록달록한 색상을 돋보이게 하는 건 백설 공주처럼 하얀 마음씨였다.

출산예정일이 비슷한 덕분에 서로의 연락처를 주고받는 과정이 빠르게 진행됐다. 그리고 이 엄마를 통해 나의 인간관계는 더욱 확장되었다. 그녀가 출산일이 비슷한 엄마 두 명을 더 소개시켜 준 것이다. 아직도 기억난다. 아울렛 건물 커피숍에서 총 4명의 엄마가 뭉쳤던 날을 말이다.

한 엄마는 독실한 기독교 신자였다. 일요일 아침이면 함께 예배 보자며 집 앞으로 남편과 함께 차를 끌고 왔다. 새벽 어둠을 가르며 우리 모자를 데리러 오는 마음씨가 고마워 한동안 열심히 교회에 다녔나보다.

또 한 엄마는 넷 중 유일하게 자동차를 몰고 다니는 드라이버였다. 무거운 수박을 번쩍번쩍 사나르며 엄마들에게 계절 과일을 대접했다. 마지막 한 엄마는 대학원에서 성악을 전공한 재주꾼이었다. 네 명의 아가들을 앉혀놓고 '멋쟁이 토마토'라는 노래를 비음 섞어 맛깔나게 불러주었다.

그 때를 생각하면 풋풋함만 떠오른다. 결혼이 무엇인지 몰랐고 어떤 날은 아내의 역할이 무엇인지도 모른 채 아이를 키우는 일에 몰입했으니 말이다. 임신과 출산, 돌잔치, 이유식, 어린이집 발표회 과정을 공유하며 우리는 각자의 첫 아이를 함께 키웠다. 가까운 동네에 산다는 이유, 임신 후 맺은 첫 인연이라는 이유만으로 서로를 향한 마음을 맞추려 노력했다. 풋풋함의 절정이었다.

　그리고 흩어졌다. 그림 그리는 엄마가 고향인 대구로 갔고, 교회를 성실하게 다닌 엄마가 더 넓은 평수의 아파트로 이사를 갔다. 나 역시 남편의 회사가 가까운 도시로 이사를 왔기 때문이다. 둘째 임신과 출산이 한창인 때라 작별인사도 나누지 못한 채 헤어졌다. 지금은 뒤이어 태어난 아이들 키우며 그들이 어떤 모습으로 어떻게 지내고 있을지 궁금하다.

　10년 전 우리가 큰 탈 없이 첫 아이를 키운 건 모르는 게 많았던 덕이다. 모르는 게 많았지만 뭘 모르는 지도 모른 체 아이를 키웠다. 품앗이라는 단어를 몰랐고 '나', '우리 엄마들'의 목소리를 지역사회와 가족에게 어떻게 표현해야 하는 지 몰랐기 때문에 첫 아이 육아라는 관문을 얼떨떨하게 통과할 수 있었을 것이다. 하지만 외로운(?) 엄마들이 서로 도와야 한다는 사실만큼은 온몸으로 체감하고 있었다. 풋풋한 마음으로 연대했던 3명의 엄마에게 늦은 고마움을 전한다.

지해

그때그때 나에게 맞는 인연들이 찾아오는 거 같아. 같은 상황, 같은 고민을 가진 사람들끼리 모이게 되어있더라고. 우리도 그런 의미에서 제때 찾아온 인연 아닐까?

답글 ♥

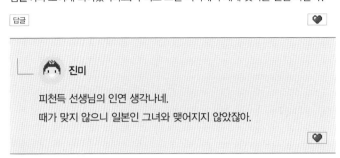

진미

피천득 선생님의 인연 생각나네.
때가 맞지 않으니 일본인 그녀와 맺어지지 않았잖아.

♥

 미영

함께한 3인방이 있었기에 육아 스트레스를 푸는 데 큰 도움이 됐을 것 같아. 근데, 그렇게 만난 사람들은 아이들이 자라면서 자연스럽게 멀어지더라.

답글 ♥

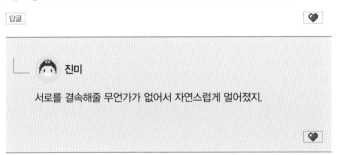

진미

서로를 결속해줄 무언가가 없어서 자연스럽게 멀어졌지.

♥

연대가 필요했습니다

너의 도시에 적응하라는 친정엄마의 가르침은 두 번째 도시에서도 적합했다. 이사와 동시에 둘째 아이를 낳았고 친정집과의 물리적 거리는 더 멀어졌기 때문이다. 나는 살아야 했다. 시청, 주민센터, 생협, 청소년상담복지센터, 보건소 등 지역 공공기관을 드나들며 두 아이와 생존의 길을 모색했다. 첫 아이는 얼떨결에 키웠어도 둘째는 얼떨결에 키울 자신이 없었다. 나의 새 도시 적응 및 둘째 육아를 도와줄 공공기관이 이 도시 어딘가에 존재하리라고 믿어 의심치 않았다.

그러던 중 건강가정 · 다문화가족지원센터(이하 '건강가정지원센터')를 알게 되었다. 건강가정지원센터의 분위기가 은근히 내 취향이었다. 센터에는 육아의 고충을 토로하는 초보 엄마가 많이 모였다. 센터를 오래 이용한 선배 엄마들과 교류해 볼 기회가 있었는데 그들은 다양한 엄마들의 다양한 육아 스타일을 수용해주어 스트레스 받지 않고 센터를 드나들 수 있었다. 또한 나쁜 엄마, 부족한 엄마를 격려하는 부모교육프로그램도 자주 진행되어 이 기관에서라면 육아 민낯을 드러내도 된다는 신뢰가 생겼다.

마침 센터에서 제1기 블로그기자단을 모집했다. 그간의 기자단 경험을 살려 건강가정지원센터 블로그 기자 활동을 시작했다. 블로그 기자에게는 센터의 다양한 사업과 프로그램을 체험하고 취재할 기회가 제공되었다. 그 중 품앗이육아 프로그램에 눈길이 갔다. 마음 맞는 엄마들이 모여 아이를 키우고 센터의 지원과 관리도 받는다는 점이 매력적으로 다가왔다. 안타깝게도 센터에 소속된 품앗이엔 우리 세 모자가 들어갈 자리가 없었다. 짧게는 1, 2년, 길게는 10년 가까이 새 멤버 없이 지내온 품앗이에 낯선 가족의 합류는 쉬운 일이 아니라고 했다. 설령 엄마들이 허락한다 해도 내 아이가 기존 아이들 사이에서 적응하기 힘들 게 분명했다.

품앗이에 대한 아쉬움을 접고 블로그 기자 활동을 이어가던 어느 날. 지역 sns 서포터즈 발대식에서 한번 본 적 있고 이후 온라인상에서 안부만 살피던 동갑내기 엄마 강지해 씨가 건강가정지원센터 3기 기자단 발대식에 나타났다.

"강지해님? 저는 1기 때부터 건강가정지원센터 기자로 활동하고 있어요. 올해부터 여기 기자로 활동하게 되신 거예요? 만날 사람은 어디서든 만나게 되어있다던데 반갑습니다."

활동무대가 비슷한 엄마를 다시 만났다는 사실만으로 반가웠다. 온라인으로 찜만 해둔 그녀에게서 눈을 떼지 못했다. 나이도 같고 사는 동네도 비슷하니 연락처를 교환하고 친하게 지내고 싶었다.

강지해 씨 곁에는 낯선 엄마도 한 명 서 있었다. 최미영 씨라고 했는데 둘은 전부터 알고 지낸 사이 같았다. 그런데 그녀가 알던 사람 대하듯 나에게 반가운 인사를 던졌다.

"최미영이라고 합니다. 『네가 잠든 밤, 엄마는 꿈을 꾼다』 저자 맞으시죠? 제가 그 책 서평단으로 뽑혀서 서평 썼어요. 우리 동네에 산다는 건 저자 정보를 통해 알고 있었는데 뜻밖의 자리에서 이렇게 만나다니 너무 신기하네요. 반갑습니다."

신기했다. 우리 세 명의 여자는 만나야 할 사람들이 분명했다. 결혼하고 10년 동안 늘 소울메이트 엄마가 그리웠다. 마음이 통한다 싶으면 타지역으로 이사를 떠나버렸고, 마음이 통할까 싶어

노크해보면 나와 전혀 맞지 않는 사람이어서 상처받았다. 그토록 찾아 헤맬 때는 없더니 이렇게 가까운 곳에 있었던 걸까.

강지해, 최미영, 그리고 나 김진미. 우린 만나야 할 사람이 분명했다. 여태 걸어온 행보나 현재 서 있는 장소가 세 여자의 공통분모를 확인시켜주고 있다. 건강가정지원센터 관계자는 품앗이를 제안했다. 첫째 아이들 연령도 비슷하고 품앗이 결성 기준이 최소 세 가족이니 품앗이를 새로 만들어 센터에서 즐겁게 활동해보라는 것이다. 조금도 망설일 이유가 없었다.

우리는 센터 블로그 기자 활동과 육아 품앗이를 병행하며 서로를 향해 나아갔다.

지해

그땐 몰랐지. 우리가 이리 오랜 인연을 이어갈지 말이야.

답글

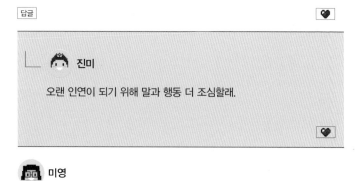

진미

오랜 인연이 되기 위해 말과 행동 더 조심할래.

미영

우리가 만났던 첫날이 생생히 기억나네. 내가 읽었던 책의 저자를 만나서 너무 신기했었는데, 이제는 품앗이도, 책도 함께하고 있네.^^

답글

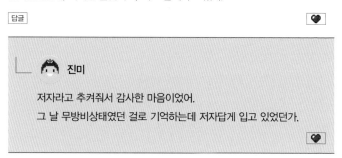

진미

저자라고 추켜줘서 감사한 마음이었어.
그 날 무방비상태였던 걸로 기억하는데 저자답게 입고 있었던가.

품앗이는 처음이라서요

품앗이 리더 최미영은 뛰어난 리더다. 쓸데없는 카리스마를 휘둘러서 팀원을 순종시키는 타입도 아니고, 아이디어 많고 논리적이고 심지어 인맥까지 넓어서 함께 하면 몸이 편하다. 건강가정지원센터 품앗이 담당자의 전달사항을 가족들에게 잘 전해주고 우선순위로 참여할 프로그램이나 누리게 될 혜택 사항을 꼼꼼하게 챙겨주니 구성원의 손발이 편할 수밖에 없다.

지해는 리더와 나 사이에서 연결고리 역할을 한다. 리더가 카카오톡 대화창에 속사포처럼 던진 방대한 데이터를 미처 처리하지 못하고 헤맬 때, 조용히 나타나 구성원들의 이해를 돕는다. 리더의 완벽함에 고마움을 느끼지만 때로는 가슴 답답함을 느끼는 상황도 생기는데 그 때마다 산불 진화에 매끄럽게 나서는 건 지해의 몫이다.

나 역시 발 빠른 구석이 있기 때문에 미영, 지해와 손발이 맞는다. 우리는 거북이보다 토끼에 가깝다. 셋이 뭉친 품앗이는 돛단배처럼 순항했다. 혼자 생각해 본 품앗이 구성은 4~5개의 가족이 적합하다. 품앗이 초기 단계이므로 당분간은 4가족 정도로 유지해도 좋을 것 같았다. 그러나 리더 생각은 달랐던 모양이다. 그녀는 구성원들이 거부 혹은 보류 의사를 표하기도 전에 새 가족을 데려왔고 새 가족에 적응할 만하면 또 다른 새 가족을 품앗이 모임에 데리고 나타났다.

품앗이는 순식간에 일곱 가족으로 늘었다. 화장실 가고 밥 먹고 체험 장소를 이동할 때마다 시간이 지체되었다. 리더는 남자 아이들 숫자가 적음을 알면서도 여자아이가 있는 가족만 잇달아 영입했다. 우리 아이 유치원에 근무 중인 선생님을 새 가족으로 영입해 누구 엄마라 부르기도 뭣하고 선생님이라 부르기도 뭣한 상황을 만들어냈다. 리더는 일곱 가족을 품는 상황이 자연스러웠는지 모르겠으나 당시 내 품은 일곱 가족을 품기에 속 좁았다.

불만이 목구멍까지 올라왔다. 지해에게 리더에 대한 불만을 슬쩍 흘렸더니 크게 문제삼지 않는 듯했다. 지해는 품앗이에 들어온 새 가족과 서로를 알아가는 시간을 즐기고 있었다. 곰곰이 생각하다가 잠시 참아보기로 했다. 혼자 움직이기 좋아하고 빨리 움직이기를 선호하던 습관을 품앗이 안에서만큼은 잠시 내려둘 필요가 있었다. 함께하기 위해 시작한 일이니 인내가 필요했다.

시나브로 시간이 흐르면서 일곱 가족에 적응이 되었다. 새 엄마들과 라포(rapport)가 형성되고 얼굴 마주하는 상황이 늘어나면서 초기 멤버 못지않은 유대감을 형성할 수 있게 된 것이다. 아이들도 마찬가지다. 새로운 멤버가 들어올 때마다 낯가림이 있었지만 모든 문제는 시간이 해결해주었다. 아이들은 끼리끼리 어울리기도 하고 덩어리로 어울리기도 하고 때로는 혼자 놀기도 하면서 품앗이 안에 머무를 수 있게 됐다.

품앗이 4년 차, 지금은 리더와 지혜의 의견에 전적으로 동의한다. 우리 품앗이 구성원들은 전체 색깔은 비슷한 톤이지만 가까이 들여다보면 각각의 컬러가 있다. 바로 다양성과 다름이다. 다양성과 다름은 충돌을 일으키고 문제를 해결하는 과정에서 엄마와 아이들은 세상과 부딪치는 방법을 배운다.

만약 품앗이 초기에 새 구성원 영입 문제에 관하여 잠시 참아보지도 않고 리더에게 불만을 표시했다면 어떤 일이 벌어졌을까? 나와 다른 리더의 의사를 존중한 덕에 지금은 자유로움을 만끽하며 품앗이 활동을 할 수 있게 됐다. 아이가 친구 관계로 고민할 때면 솔직히 말해야 한다.

"환희야. 엄마도 품앗이 엄마들이랑 매일 사이좋은 거 아니야. 지난번에 간식 나눠 준비하는 문제로 의견 나눌 때 리더 엄마랑 조금 섭섭한 일이 있었어. 그렇지만 참고 받아들였어. 너도 오늘 친구들이랑 그런 상황인가 보구나?"

덕분에 엄마와 아이는 품앗이 속에서 타인의 의견을 수용하는 법, 나의 고집을 잠시 내려놓는 법, 친구와 만나고 사귀는 법을 차근히 익히고 있다.

지해

나에게 불만을 흘렸었구나!! 유치원 선생님은 나도 좀 충격적이었어.
그때를 잘 이겨냈기에 지금의 우리가 있는 거겠지?

| 답글 | 🖤 |

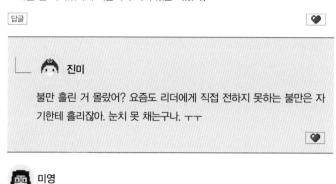

└ **진미**

불만 흘린 거 몰랐어? 요즘도 리더에게 직접 전하지 못하는 불만은 자기한테 흘리잖아. 눈치 못 채는구나. ㅜㅜ

🖤

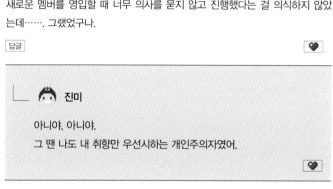

미영

새로운 멤버를 영입할 때 너무 의사를 묻지 않고 진행했다는 걸 의식하지 않았는데……. 그랬었구나.

| 답글 | 🖤 |

└ **진미**

아니야, 아니야.
그 땐 나도 내 취향만 우선시하는 개인주의자였어.

🖤

세 여자 엄마 사람

좋은 엄마가 되고 싶었다. 아이들 건강도 잘 챙기고, 잘 놀아주고, 언제나 웃어주며 아이들을 반기는 그런 엄마. 나에게 좋은 엄마란 완벽한 엄마였다. 한 곳이라도 빈틈이 생기면 안 된다. 그러려면 많은 에너지가 필요하다. 아니다. 에너지가 넘쳐도 완벽한 엄마란 존재하지 않는다. 그걸 몰랐던 나였다.

남편의 자리는 '부재중'이 많았다. 일 또는 약속 그것도 아니면 피곤함이다. 육아는 언제나 내 몫이었다. 혼자서도 척척 슈퍼우먼이 되고자 했던 나에게, 홀로 육아는 결코 쉬운 것만 허락하지 않았다. 아이들은 엄마 바라기가 되었고, 엄마인 나는 이제 좀 여유를 가지고 싶었다. 양육자가 지치고 힘이 들었던 만큼 그 시간은 아이들에게 고스란히 전해진다. 세상의 모든 엄마와 아이에게 함께 할 친구가 필요한 이유다. 아이를 통해 만난 엄마들의 모임은 아이가 각각 다른 어린이집(유치원)이나 학교를 가며 자연스레 멀어지고, 깊이 있게 오랜 만남을 이어갈 수 없음에 아쉬움이 남게 된다.

한 출판사의 서포터즈 발대식을 앞두고 있던 날이었다. 발대식이 홍대 근처라니, 세 살배기 둘째를 데리고 오가기엔 먼 곳이라 참석을 포기하려던 차였다. 함께 할 멤버 중 한 사람인 그녀의 블로그를 통해 이야기를 주고받다가 우리가 같은 지역에 산다는 걸 알게 되었다.

"네? 정말요? ○○에 사신다고요? 저도 ○○에 살아요."

우리는 그녀의 차로 함께 하기로 했다. 아이 둘을 낳고 바깥세상과의 소통이 줄고 나니, 새로운 누군가를 만나는 일은 두근두근 설레는 일이다. 블로그 속 그녀는 왠지 나에게 신비감을 안겨주었다. 고급스러운 향이 풍길 것 같은 느낌. 아장아장 걷는 둘째 손을 잡고 약속 장소로 향했다.

"안녕하세요? 호호호"

어색한 인사, 어색한 웃음. 우리와는 다르게 서로 얼굴 한번 보지 않던 낯가림 둘째들을 뒷자리에 태우고 발대식 장소로 출발했다.

우리는 여자아이 둘을 키우는 엄마이다. 첫째는 나이가 같고, 둘째도 한 살 차이밖에 나지 않는다. 통성명을 하고, 나이를 묻는데 나이가 같다. '어? 이거 뭐지?' 처음 만났지만 생각도 비슷하고, 이야기가 잘 통해 가는 길이 즐거웠다. 자연스레 남편들 이야기로 흘렀다. 남편 나이도 같다.

'어? 뭐지?' 누군가와 말 놓는 게 참으로 어려운 나인데, 얘기하며 자연스레 말을 편히 하게 되었다. 고급스러운 향 대신 친근한 향을 지닌 그녀는 내 마음을 활짝 열어주었다. 그렇게 시작된 우리의 인연. 무엇보다 아이들이 잘 통한다. 그것이 한몫했을 것이다. 엄마들끼리 아무리 마음이 맞아도 아이들이 맞지 않으면 관계를 오래 이어나가기 힘들다. 남편들도 나이가 같다 보니 자연스레 친구가 되었다. 미영과는 육아관이 비슷하고, 삶을 바라보는 가치관도 비슷하다. 아이들의 성향도 비슷하니 자주 만나 시간을 보내게 되었다.

하루는 미영이 건강가정지원센터의 기자단을 함께 해보자 권했다. 좋은 마음으로 임할 수 있을 것 같아 흔쾌히 긍정의 답을 했다. 그곳 기자단에는 아는 이가 한 명 더 있다. 바로 도시녀 김진미. 미영과 건강가정지원센터에서 지원해주는 모두가족품앗이(육아 품앗이)를 계획하고 있었고, 우런 아이들 나이대가 비슷한 그녀에게 함께 해보자며 권하기로 했다. 진미에겐 두 아들이 있다. 여자아이 넷, 남자아이 둘 이렇게 우리의 육아 품앗이는 작고 소소하게 시작되었다.

나에게 도시녀였던 김진미는 어딘지 모르게 구멍이 많은 여자였다. 아무도 생각지 못한 말을 꺼내 당황하게도 하는 사람. 만나기로 한 장소를 한참 지나 도착하는 운전치이자 길치. 하지만 또 볼수록 잔잔한 사람이다. 아이들에게 유별나지 않은 엄마, 자기 자신에게 집중하는 사람이다. 챙겨주고 싶고, 오래 함께하고 싶은 사람이다.

우리는 각자의 자리에서 '엄마와 나' 사이를 오가며 희망의 끈을 놓지 않는 세 여자엄마사람이다. 그 끈을 더 단단히 하기 위해 '육아 품앗이'는 든든한 지원군이다. 다르지만 비슷하고, 비슷하지만 꽤 다른 엄마들과 아이들이 모여 복작복작 추억의 시간을 채워나간다. 그리고 하나, 둘 마음 맞는 이들이 함께하게 되었다.

진미

생뚱맞지만 우리 언제 운세 보러 갈까? 세 사람이 보통 인연이 아니라는 둥, 비즈니스 파트너로 딱이라는 둥 달달한 말을 듣게 될 것 같단 말이지.

답글

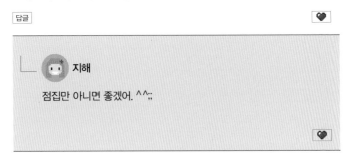

└ **지해**

점집만 아니면 좋겠어. ^^;;

 미영

출판사 서포터즈를 계기로 지해와 나, 기자단을 통해 알게 된 진미와 나 이렇게 함께할 수 있는 우리는 정말 인연인가 봐.

답글

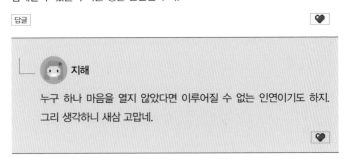

└ **지해**

누구 하나 마음을 열지 않았다면 이루어질 수 없는 인연이기도 하지. 그리 생각하니 새삼 고맙네.

육아 품앗이, 아이맘이 되다

시대의 변화와 함께 가족의 형태도 많은 변화가 찾아왔다. 육아의 부담이 커지고 있는 부모들에게, 아이들과 함께 하는 시간은 행복함과 동시에 어렵고 힘든 일로 다가오기도 한다. 이럴 때 큰 힘이 되는 건 나와 같은 고민을 가진 이들과의 소통이다.

보통 아이들을 매개로 형성된 모임은, 엄마가 조금 불편하더라도 장소, 시간, 프로그램 모두 아이 위주로 정하게 된다. 아이들이 좋다니 뭔가를 하기는 하는데, 그를 이끄는 엄마가 불편한 점이 있다면 모임을 오래 지속할 수가 없다. 지속하더라도 스트레스를 안고 가야 하니 좋을 리는 만무하다. 아이들이 서로 맞지 않으면 슬쩍 발을 빼는 것 또한 쉽다.

애초부터 미영, 진미, 나는 엄마인 우리 자체로 형성된 모임이다. 평소에 아이들 교육에 열을 올리기보다는 나 자신을 위해 바쁜 시간을 보내는 엄마들. 엄마가 행복해야 즐거운 육아를 할 수 있고, 아이들 또한 행복할 수 있다. 고로 우리는 아이뿐 아니라 우리에게도 득이 되는 품앗이를 원하지 않았나 생각한다.

미영이 품앗이 신청서를 작성하는데, 품앗이명을 정해야 한단다. 한번 정하면 오래 사용할 이름, 어떤 것이 좋을까. 곰곰이 생각해보았다.

아이도 행복하고 엄마도 행복한 품앗이.
아이와 함께 엄마도 성장하는 품앗이.

어느 한 곳에 치우치지 않고, 아이와 엄마가 조화를 이루었으면 좋겠다. 그래서 제안한 이름이 '아이맘'이다.

"아이맘 어때? 아이와 엄마(mom)를 더해서 '아이맘'이 되는 거야."
"오, 좋네. 괜찮다."

그렇게 정해진 품앗이명. 사람도 이름대로 산다던가. 우리의 품앗이도 이름대로 잘 흘러가고 있다. 아이들은 아이들대로 서로를 통해 배우고, 느끼고, 융화되며 성장하고 있다. 그런 아이를 보며 엄마인 우리 또한 많은 것을 느끼고 배우게 된다.

그것뿐인가 사람과의 관계에서 어른도 힘든 점이 있다. 다 내 마음 같지 않다. 비슷하지만 다른 생각, 다른 행동, 다른 말투 사이에서 오해가 생기기도, 분열이 생기기도 할 터. 하지만 많은 것을 경험하며 서로를 이해하고, 존중하고, 기다려주는 것을 배운다. '함께'하는 것의 즐거움을 아이뿐 아니라 엄마인 우리도 배우고 느끼며 자라고 있는 것이다.

아이가 홀로서기까지 엄마(주양육자)와의 관계는 더없이 좋아야 한다. 따뜻한 말과 건강한 밥 그리고 넘치는 사랑을 받고 자라야 하는 시기이다. 하지만 엄마가 건강해야 아이에게 쏟을 수 있는 에너지가 생긴다. 뭐든 혼자서는 어렵다. 어려움과 고민을 함께 나눌 수 있는 이들이 곁에 있다는 건 감사한 일이다. 육아를 함께 해 줄 가족이 없다면, 나눌 수 있는 누군가를 찾아보자. 기쁨은 나누면 두 배가 되고 슬픔은 나누면 반이 되듯, 아이와의 행복한 시간 또한 함께하면 두 배가 되고, 힘든 일은 나누며 반이 된다.

아이와 엄마가 함께 행복하게 성장하는 아이맘은 그러한 역할을 톡톡히 해주고 있다. 이름 따라 잘 흘러가고 있는 아이맘, 누가 지었는지 이름 참 잘 지었다!!

진미

내가 품앗이한다고 하면 주변 엄마들은 대단한 품앗이라고 예측해. 우린 몸빼 바지 같은 품앗이지. 다들 집에서는 찰랑거리고 편안한 몸빼 바지 입잖아.

답글 🖤

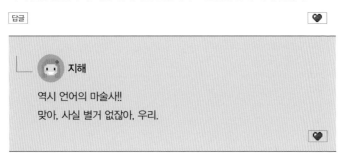

　　└ **지해**

　　역시 언어의 마술사!!
　　맞아, 사실 별거 없잖아, 우리.

 미영

정말 이름대로 가는 거 같아. 품앗이 이름 한번 잘 정한 듯.

답글 🖤

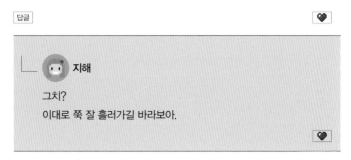

　　└ **지해**

　　그치?
　　이대로 쭉 잘 흘러가길 바라보아.

마음이 맞아도 너무 맞아

찰칵찰칵, 품앗이 내에서 사진 담당인 나는 의무감에 더 많은 사진을 찍게 되지만, 사실 '사진 담당'이라는 내 자리는 없어진 지 오래다. 다른 멤버들도 사진을 찍어 공유하기 때문이다. 모임 후 집으로 돌아간 그녀들과의 채팅방엔 알림창이 줄을 잇는다. 저마다의 시선으로 바라본 아이들의 모습은 분명 같은 아이들이지만, 다른 미소를 다른 표정을 짓고 있다. 어찌 이리 다 다를까.

그리고 언제부터인가 아이들이 아닌 엄마들의 셀프카메라도 남기고 있다. 다 같이 모여,

"하나, 둘, 셋."

카메라 안에 아이들만 남기던 우리는 어색한 미소, 어색한 포

즈로 첫 사진을 찍었다. 그리고 만남과 사진이 거듭될수록 사진 속 여인들은 더 활짝, 더 사랑스럽게 미소를 지어 보인다.

처음은 언제나 어색하다. 아이들뿐 아니라 엄마인 우리도 그러했다.

어색한 '안녕하세요.'를 시작으로, 서로의 눈치를 보고 자신의 자리를 찾기까지 조금의 시간이 필요했지만, 누구 하나 '나 안 해.' 하는 사람은 없었다. 리더가 '각자 준비해올 수 있는 것을 말해보자' 하면 얘기가 끝나기 무섭게, 사라라락 순식간에 겹치는 것 없이 모든 메뉴가 정해진다. 만나서 준비해온 것을 펼치면 충분히 먹을 만큼 풍성한 상차림이 완성된다. 누군가는 휴지 한 보따리, 누군가는 직접 만든 파이를, 누군가는 물티슈를, 누군가는 돗자리를, 누군가는 얼음을……. 말하지도 않았던 것들을 바리바리 싸 들고 오기도 한다. 이것 또한 신기하게도 겹치는 면이 없다. 이런 걸 두고 마음이 잘 맞는다고 하는 건가.

어디 그것뿐인가.

"우리 다음엔 ○○에 가보면 어떨까요?"
"오, 좋다!! 역시!!"

"나 좀 태우고 가줘요."

"에그, 당연하지. ○시에 ○○에서 만나요."

"정말 가고 싶은데, 내가 그 날은 일이 조금 늦게 끝나서….'

"그럼 애들만 보내요. 끝나고 데려가면 되지."

말하는 것마다 찬성을 넘어 대찬성, 생각지도 못한 배려를 주고받으며 따뜻한 무언가가 채워진다.

생각해보니 입맛도 비슷하다. 항상 어디를 가든 나눠서 도시락을 준비해가는 우리는 메뉴가 늘 비슷하다. 김밥, 샌드위치, 삶은 달걀, 주먹밥, 김치 볶음밥, 커피, 과자와 음료. 준비해오는 도시락도, 식당을 갈 때도 누구 하나 까다롭게 구는 사람이 없다.

주변의 얘기를 들어보면 아이와 엄마가 함께하는 모임은 크고 작은 트러블을 겪으며 1년도 채 되지 않아 흩어지고 없어지는 모임이 많다. 내가 큰아이를 통해 하고 있던 모임도 그러했다. 함께하던 체험을 마무리하며, 한 달에 한 번은 꼭 모이자던 말은 어느새 약속이 아닌 지난 말이 되었고 가끔 얼굴 보는 것도 쉽지 않다. 메시지로 인사만 주고받으며, '언제 한 번 다 같이 모여요.'만 몇 달째 이어지고 있다. 이끄는 사람도 함께 팀을 이루는 이들도 모두가 함께하고자 하는 마음이 있어야 하고, 무엇보다 중요한 건 편해야 한다. 그런 면에서 우리는 아이도 아이이지만, 엄마끼리의 궁합이 좋은 듯하다.

이 모임을 언제까지 함께 할지는 기약할 수 없지만, 함께 하는 시간만큼은 서로 배려하고 응원하는 마음, 편하고 즐거운 마음으로 이어가길 바랄 뿐이다. 마음이 맞아도 너무 잘 맞는 그녀들과 함께.

진미

품앗이가 해체돼도 우린 연락하고 지낼 거야. 엄마들이 서로를 향해 끈을 놓지 않으면 아이들도 서로 기억할 거고. 그리고 해체? 해체라기보다 한걸음 뒤로 물러나 상대방의 일부가 아닌 전체를 스캔해주는 거 아닐까. 상대의 전체를 객관적으로 봐줌으로써 여전히 좋은 벗의 역할을 할 수 있을 거야.

답글 ♥

┗ **지해**

진미 말대로 품앗이와는 또 다른 방향이더라도 서로 오랜 벗이 되면 좋겠어.

♥

미영

정말 가면 갈수록 더 마음이 잘 맞아 가는 거 같아서, 너무 좋은 거 있지.

답글 ♥

┗ **지해**

리더가 잘 이끌어주는 것도 한몫한다는 거, 알아?

♥

인연은 찾아오기 마련

블로그 가입한 지는 오래되었는데, 결혼 전에 쇼핑몰을 하면서 블로그를 잠시 이용하다가 손을 놓고 있었다. 결혼 후 아이를 출산한 뒤에 제품 체험에 관심을 갖게 되었고, 제품 체험단 신청과 리뷰 글을 남기기 위해 블로그로 복귀했었다. 식료품, 생활용품, 화장품, 아이를 위한 제품체험단인 물티슈, 기저귀, 아기 화장품까지. 둘째가 태어난 뒤에는 그 영역을 확장해서 아이들 책 서평단도 종종 하고 있었다. 그러던 중 아이들 책을 많이 출간하는 출판사에서 서포터즈를 뽑았는데, 응모에 당첨이 되었다. 서울 홍대에서 발대식이 열렸다. 여기에 다녀와야 서포터즈 활동에 관한 정보를 자세히 들을 수 있고 담당자와의 만남은 물론이고 함께하는 블로거들을 만나 다양한 정보를 얻기 위해 꼭 참석했다. 물론 아이와 매일 같이 있다 보니 어른 사람과 이야기를 나누고 싶은 마음도 있고, 발대식에 참여하면 식사를 주는 경우도 많아서 그런 이유로 참석하기도 했다.

경기도 우리 집에서 홍대까지 거리가 있기에, 그리고 첫째가 유치원을 다니고 있기에 정해진 시간에 돌아와야 해서 차를 갖고 움직였다. 발대식을 가려고 하던 차 서포터즈 중 우연히 같은 동네에 사는 블로거를 만나서 동행을 하게 되었다. 그녀도 우리 둘째보다 한 살 어린 딸을 데리고 왔다. 아침에 정해진 장소에서 만나서, 서울을 가는 길에 이런저런 이야기를 나눴다. 같이 블로그를 하기에 이야기가 더 잘 통했던 그녀. 아이들도 또래라 그런지 처음 만났음에도 불구하고 발대식에서 신나게 잘 놀고 잘 먹었다.

집에 내려오는 길, 발대식을 통해 조금 마음의 여유가 생긴 터라 더 많은 이야기를 나누게 되었다. 알고 보니 첫째는 동갑이고, 그녀와 나도 동갑이고 심지어 신랑들도 동갑. 이야기를 나누니 나와 비슷한 점이 너무 많고, 가치관이 비슷해서 이야기가 잘 통했다.

홍대까지는 서울을 대각선으로 가로질러 가기에 꽤나 긴 시간이 소요되고 자동차라는 밀폐된 공간에서 생각이 비슷하고 하고 있는 일이 비슷한 육아 블로거로서 두 사람이 나눈 이야기는 충분히 공감이 되고 마음을 통하게 만들었다.

그게 지해와의 첫 만남이다. 출판사 서포터즈로 발대식에 참
여하면서 함께 차를 타고 간 것이 인연이 되었다. 그 이후 지금
까지 친구로 지내고 있다.

진미

'엄마'라는 이유만으로 만난 사람도 좋지만
'엄마'라는 공통점에 관심사와 비전까지 색이 맞으면 인연이 참 오래 가.

답글

└ 미영

그런거 같아.
관심사와 비전이 같으면 정말 오래 가는 듯.

지해

그때 어색한 인사는 잠시, 가면서 쉴 틈 없이 얘기 했잖아. ㅋㅋㅋ
이리 오랜 인연이 될 줄 어찌 알았어~.

답글

└ 미영

그러게.
쉴 틈 없이 얘기한 인연이 여기까지 왔네.

시작은 미비했다

'한 아이를 키우려면 온 마을이 필요하다.'라는 아프리카 속담이 있다. 육아의 어려움은 누구나 겪고 있으나 독박육아를 해결할 수 있는 방법은 많이 없다. 예전에는 한 마을에 가족들이 모여 살아서 아이를 낳으면 조부모나 고모, 삼촌들의 도움을 받곤했다. 현대 사회에서는 오로지 가족들이 아이를 돌봐야 하기에 그 어려움이 더 크다. 그렇기에 육아 품앗이는 더욱더 필요한데, 사실 육아 품앗이에 대한 정보는 쉽게 얻어지지 않는다. 육아 품앗이에 대한 이야기는 종종 들었는데, 어떻게 해야 할지 엄두가 나지 않았다. 해보고 싶다는 생각만 간절했지 어떻게 해야 할지 모르고 있다가, 건강가정지원센터 기자 활동을 하면서 센터의 육아 품앗이 모임이 있다는 것을 알게 되었고, 같이 할 사람을 모집하게 되었다.

육아 품앗이 모임의 조건은 최소 3가정 이상. 그때 마음이 맞았던 지해와는 함께하기로 했는데, 한 가족이 부족해서 진행이 어려웠다. 그러던 차에 건강가정지원센터 기자단 발대식에서 만난 진미 씨와 이야기를 나누게 되었다. 그녀 역시 육아 품앗이에 관심이 있었는데, 선뜻하지 못했다고 했다. "함께하려고 하는 사람도 부족했고, 같은 가치관을 가진 엄마들과 하고 싶었는데 그게 참 어렵네요."라고 말하던 그녀와 우리는 함께 육아 품앗이를 해보기로 결심했다.

시작은 같은 마음을 가진 엄마 셋이 만나는 것이었다. 편하게 만나서 얘기 나누고 아이들은 신나게 뛰어놀 수 있는 장소를 찾아 만났다. 멤버는 1학년 여자아이 2명, 2학년 남자아이 1명, 6살 여자아이 1명, 5살 남자아이, 여자아이 각 1명씩 6명의 아이들과 엄마들 세 명으로 총 9명이었다.

품앗이의 시작으로 아이들은 조금 더 다양한 친구들을 만나고 만나서 즐겁게 놀 수 있으며, 엄마들은 그 시간 동안 잠시간의 여유를 가질 수 있었다. 어디서 만나야 할지 뭘 해야 할지도 몰랐기에 가까운 시립도서관 앞에서 만나서 공차기하고 놀고, 근처 공원에서 만나서 뛰어노는 게 이 품앗이의 처음이었다.

어떤 거창한 계획이 있었던 것도 목표가 있었던 것도 아니었다. 단순히 육아의 어려움을 잠시 잊고 품앗이로 즐겁게 보내기 위함이었다. 아이들도 즐겁고 엄마들도 즐겁기 위해서 시작한 것이었다.

다만, 남녀 성별이 안 맞아서 감정 다툼이 생기기는 등 생각지 못한 문제에 직면하기도 했다. 예를 들면 여자아이들은 "오빠~" 부르며 쫓아다니는 것을 좋아하는데, 남자아이들은 공을 차며 뛰어다니는 것을 좋아했다. 벤치에 앉아서 소곤소곤 이야기하는 것을 좋아하는 여자아이와 달리 몸을 사용해서 움직이는 것을 좋아했던 남자아이들이다. 이것은 성별의 차이, 남자친구와 여자친구의 노는 방법, 서로에게 친해지는 방법이 달랐고, 아이들이 서로 간의 마음을 잘 몰라줘서 생긴 것이다. 두 집은 자매 사이, 한집은 형제 사이라 성별의 차이를 인지하지 못한 엄마들의 서툰 대처도 한몫했다.

처음에는 어려움이 있었는데, 막상 시작해보니 생각지 않은 것들이 걸림돌이 되어 서로 간의 양보가 필요한 시간들이 지속되었다. 하지만 매번 생기는 일들에 민감해하면 어떤 일이든 지속할 수 없다는 것을 알기에 조금씩 서로 간의 의견을 조율할 방법과 품앗이의 운영에 대해 고민하는 시간이 늘어갔다.

진미

남자아이와 여자아이가 만나면 싸운다는 걸 그때 알았어.
싸움은 남자끼리만 하는 줄 알았지.

| 답글 | 🖤 |

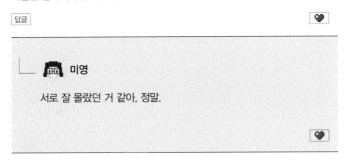

> └ 🏠 **미영**
>
> 서로 잘 몰랐던 거 같아. 정말.
>
> 🖤

 지해

처음 만났을 때 생각나? 환희 오빠가 공차기만 한다고 여자아이들이 불평했었지. 지금은 환희를 제일 좋아하잖아.

| 답글 | 🖤 |

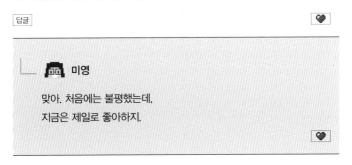

> └ 🏠 **미영**
>
> 맞아. 처음에는 불평했는데,
> 지금은 제일로 좋아하지.
>
> 🖤

셋이 되고, 넷이 되고… 이제는 일곱

육아 품앗이를 하고 싶다는 생각을 계속 갖고 있었으나 시작하지 못했던 건 인원의 문제였다. 품앗이를 하려고 하는 인원이 지해의 가족과 우리 가족으로 총 6명, 최소 3가족 이상의 구성원이 있어야 하는데 적어서 시작할 수 없는 상황이었다. 그러던 차 건강가정지원센터 기자단 발대식을 통해 육아 품앗이를 함께 하기 원하는 진미 가족이 있어서 함께 품앗이를 시작할 수 있었다. 그 시작은 엄마 3명, 아이 6명으로 무척 소소했다.

서로에 대한 정보 없이 품앗이를 시작했지만, 모이면 모일수록 아이들은 모임을 기다리기 시작했다. 각자 어떤 것을 좋아하는지도 모른 채 한 달에 한 번씩의 만남이 계속되었다. 여자아이들은 오밀조밀하게 놀고, 남자아이들은 몸을 부딪쳐서 조금은 격하게 노는지라 노는 방법의 차이로 조금씩 아이들이 부딪히고 있었다. 불편함이 생겨나기 시작할 때 즈음 성별을 맞추기 위한 남자 멤버 영입을 위해 노력을 했다. 새로운 멤버는 엄마의 육아 가치관이 비슷한 사람, 아이가 또래여야 했고, 기존멤버와의 성별 밸런스를 맞춘 가정이어야 했다. 수소문한 결과, 독서모임을 하던 엄마 중에서 남매를 가진 가족이 새로 투입되었다.

새로 들어온 가족의 아이들은 초등학교 1학년 남자아이와 4살짜리 여동생이었다. 전체적인 비율은 여자아이들이 많지만, 남자아이가 한 명 들어옴에 따라 전체 분위기는 달라졌다. 이것도 인연이었는지 우연치 않게 네 명의 엄마가 동갑내기였다.

멤버를 충원해서 총 4가족이 모였지만 왠지 더 많은 사람이 그리웠던 나는 함께 할 사람들을 찾아다녔다. 그러던 와중에 엄마들이 아이들과 이렇게 함께하는 품앗이를 하고 싶어 하는 엄마를 발견했고, 우리 멤버로 영입했다. 이 멤버를 초대하다 보니, 그때 당시 초등학교 1학년 여자아이들이 3명이 되면서 그들이 주축이 되어버렸다. '최근에 남자아이들이 많이 태어났다고 하는데, 우리 품앗이 멤버는 왜 남자가 적을까?' 하는 생각과 함께 남자아이들의 수가 너무 적어 근심이 계속되었는데, 활동하고 있던 품앗이 멤버의 권유로 새로운 멤버를 영입해서 총 6가족이 되었다. 결과적으로 아이들은 총 11명이 되었다.

처음 장소는 동네 공원이나 도서관 앞마당이 모임의 장소였다면 인원이 늘어남에 따라 장소도 넓은 곳으로 가게 되었다. 사는 동네인 광주는 물론이고, 하남, 용인, 이천, 양평까지 아이들과 함께할 수 있는 곳을 늘려가고 있다.

가장 최근에 한 가족까지 합류하게 되어서, 지금은 총 7가족 아이들은 12명이다. 사람이 늘어날수록 관리하기 힘든 건 아니냐고 묻지만, 멤버들이 조금씩 도와서 하기에 힘든 점보다 즐거운 점이 많다. 처음에는 적응하느라 서로 부딪히는 일이 많았는데, 서로의 차이도 느끼게 되고, 점점 공동체 생활에 익숙해지고, 서로의 마음을 조금씩 이해해 가기 시작했다.

처음이 어려웠지, 둘이 셋, 셋이 일곱이 되기까지는 크게 어렵지 않았다. 문어발처럼 늘어가는 품앗이의 구성원 덕분에 멤버들이 더 이상은 멤버 증원은 하지 말자고 말리고 있다. 더 인원이 늘어날 경우에 관리도 어렵고 활동하기에도 어려움이 있을 거 같기에 이 멤버들로만 함께하는 걸로 생각하고 있다. 차가 없으면 카풀하기도 하고, 아이들과 함께 하기에 좋은 곳이 생기면 서로 함께 가기도 하고, 육아정보나 교육 정보 공유는 물론이고, 같이 나누며 함께 하기에 행복한 품앗이 아이맘이다.

진미

더 늘렸으면 좋겠어. 통계를 내보니 모임 시 평균 다섯 가족이 나오더라고.
출석률을 감안해서 총 아홉 가족이면 좋겠어.

답글 ♥

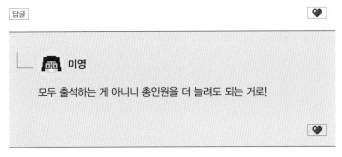

└ **미영**

모두 출석하는 게 아니니 총인원을 더 늘려도 되는 거로!

♥

 지해

그러게 어느새 일곱 가족이네. 북적북적 너무 좋아!! 크게 어려운 일이 없었던 건
리더가 잘 이끈 것도, 서로가 조금씩 이해하며 지내온 것도 있는 것 같아.

답글 ♥

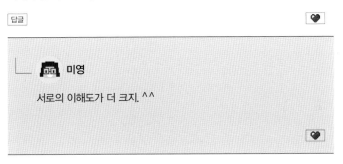

└ **미영**

서로의 이해도가 더 크지. ^^

♥

육아 더하기

공동육아의 문 두드리기

공동육아는 다양한 방법으로 시작할 수 있다. 보통은 아래 세 가지 방법을 따른다.

- 마음 맞는 엄마들이 서로의 집이나 제3의 공간을 정하여 공동육아하기.
- 〈공동육아어린이집〉 검색하여 뜻이 맞는 곳을 찾아 입학하기.
- 보건복지부가 운영중인 '중앙육아종합지원센터(www.central.childcare.go.kr)'나 여성가족부가 운영하는 '건강가정지원센터(www.familynet.or.kr)', '공동육아나눔터(1577-9337)'를 이용하며 마음 맞는 엄마들과 육아 품앗이 결성해보기.

이 중 건강가정지원센터는 여성가족부의 가족정책 주요전달체로 전국에 207개 센터를 운영하고 있다. 어떤 활동을 하고 있는지 좀 더 알아보면 아래와 같다.

- 가족상담 및 교육: 부부상담, 부모자녀상담 등 가족 내 갈등 문제 무료상담 및 부모, 부부, 조부모, 자녀 등 가족을 대상으로한 생애주기별 교육을 실시한다.
- 다양한 가족지원: 다문화가족, 북한이탈주민, 한부모가족, 조손가족, 재혼가족 등이 가족기능을 발휘하도록 도움을 준다.
- 가족문화지원: 가족사랑의 날 프로그램, 가족여가 프로그램, 건강가정관련캠페인을 연다.
- 가족돌봄나눔: 모두가족품앗이, 공동육아나눔터, 아이돌봄서비스를 지원한다.

이 중 아이맘은 모두가족품앗이에 소속되어있다. 모두가족 품앗이 신규모집은 매년 1,2월이며 3월경 신규품앗이 오리엔테이션을 진행한다. 연중 품앗이 리더교육, 품앗이 자조모임을 진행하고 연말에는 품앗이 결산 간담회를 개최한다. 센터별 품앗이

모집 규모와 일정이 다를 수 있으므로 문의는 지역 건강가정지
원센터로 하면 된다.

공동육아나눔터도 육아 품앗이를 시작하기에 좋다. 아이맘이
사는 지역에도 공동육아나눔터가 2곳 있어 품앗이 회원뿐 아니
라 마을 엄마들에게 지역중심의 자녀양육환경을 제공하고 있다.
대표적인 운영성공사례는 세종시 공동육아나눔터 등이 있다.

제3장

좌충우돌
육아 품앗이

▷ PLAYER 1

▷ PLAYER 2

▷ PLAYER 3

남편으로부터 독립하다

우리 집 주말 스케줄은 남편이 정한다. 친정, 시댁 방문 일정은 물론 주말여행, 주말 쇼핑 일정도 남편의 입김이 우세하게 작용한다. 남편이 일요일마다 조기축구를 나가고 토요일은 출근할 경우가 있고 쉬는 경우도 있기 때문에, 남편 스케줄에 따라 주말 일정이 변동되는 것이다.

평일 스케줄은 내가 결정한다. 남편이 없는 시간 동안 아이들과 어디서 무엇을 하며 보낼지의 자유 정도는 결정할 수 있다. 그렇지만 아이들 신발이나 학용품을 사려면 멀리 떨어진 시내에 나가야 하고 대형 키즈카페, 대형 영화관을 방문하려고 해도 거리상의 문제가 있기 때문에 남편이 운전하는 차량의 도움을 받아야 한다. 남편은 두 아들 육아에 꼭 필요한 존재이면서 한편 눈치를 살펴야 하는 불편한 존재인 것이다.

그럼에도 혼자 육아하던 시절은 품앗이에 대해 편견이 있었다. 멀쩡한 남편을 집에 두고 왜 엄마들이 무리지어 다닐까 싶은 의문이다. 사람들이 살아가는 모양새에는 다 이유가 있다. 품앗이를 시작하고 보니 공동육아는 엄마 좋고 아이 좋고 남편도 만족스러운 꽤 합리적인 삶의 방식이다.

우리 품앗이는 주말에 모인다. 주말 반나절이라도 남편에게 자유를 선물함으로써 부부싸움이 줄고 가족이 화목해졌다. 주말 내내 tv 앞에 누워 휴식 시간을 갖길 원하는 아빠가 있다면 원하는 대로 해주자. 당신 없이도 쌈박한 장소로 외출할 수 있고 아이들과 힐링의 시간을 가질 수 있다는 걸 남편에게 보여줘야 한다. 처자식이 집을 비운 주말을 tv와 늦잠, 라면으로 여유 있게 보내면서 남편들에게도 미소가 생겼다.

서울은 대중교통이 발달 되어있다. 우리 동네는 지하철의 편의를 누리기 힘들다. 남편을 집에서 쉬게 하고 아이들과 외출하려면 운전을 할 줄 알아야 한다. 그래서 크게 마음 먹고 중고차를 장만했다. 보험약관 대출을 받아 친구네 부부가 사용하던 차를 샀고 아직도 빚을 갚고 있다.

중고차를 구입한 것으로 외출 독립이 이뤄지지 않았다. 장롱

면허로는 운전을 할 수 없었기 때문이다. 모아둔 생활비로 10회 유료 연수를 받으면 끝일까? 10회 연수로는 부족했다. 뾰족한 수가 없어 남편을 옆에 태우고 모자란 운전 실력을 채웠다. 남편한테 운전 배우는 거 아니라더니 맞는 말이었다.

"저 앞에 빨간 신호 들어온 거 안 보여? 지금부터 브레이크를 밟아야 앞차와 간격을 유지할 수 있다고!"

"아직도 내비게이션을 못 보냐? 300미터 앞 지하차도 옆길이라고 그림까지 안내해주잖아. 지하차도로 들어가지 않으려면 지금부터 차선을 변경해야지."

"내가 해주는 충고 안 들을 거면 운전하지 마!"

남편은 1분이 멀다하고 언성을 높였고 싫은 소리를 들으며 운전한 경험은 지금도 트라우마가 되었다. 치사한 거 꾹 참고 남편표 운전 연수를 받았지만 당장 아이들을 태울 수도 없었다. 아이들 목숨을 담보로 운전대를 잡을 수 없었던 거다. 슬금슬금 실력이 늘어 아이들을 태우고 친정집에 간 날, 조수석에서는 단 한 번도 느끼지 못한 해방감을 맛보았다. 아! 나도 남편 없이 원하는 곳에 갈 수 있어!

아이들을 뒷좌석에 태우고 달려간 곳이 동네 마트, 유치원, 학교, 친정집이 전부라면 김이 빠진다. 어렵사리 차를 끌고 나가 만나는 사람은 품앗이 가족들이다. 품앗이 가족과 새로운 장소, 가슴이 뻥 뚫리는 공간에서 집결하면 더 없는 해방감을 느낀다.

 품앗이 엄마와 아이들을 대형버스에 태우고 흙먼지가 피어오르는 비포장도로를 달리는 상상을 해 본다. 지금보다 운전을 잘 하는 것, 거친 오프로드를 달리는 것은 남편으로부터 진정한 육아 독립이다.

지해

나도 가끔 그 해방감 느낀다우. 진미를 위해 더 멀리 달려야겠는데? 어디갈까?

답글

　　　👑 진미

　　방송으로만 본 청와대에 가고 싶어. 스무 살 때 청와대 코앞까지 갔다
　　가 들어가지 못해서 아쉬웠거든. 아이들이랑 청와대 견학 가자.

🖥 미영

품앗이 모임 시간을 더 길게 잡아야 하려나?
앞으로는 더 다양하게 품앗이를 즐겨보자고.

답글

　　　👑 진미

　　아이들이랑 한라산 등반도 하고 싶다.
　　정상에서 본 백록담의 모습이 장관이었단 말이지.

123

도착이 늦는 사람들

～～～

품앗이 초기는 집근처를 모임 장소로 활용했다. 활동반경이 넓어지면서 타 도시를 넘나들었고 몇 년째 초보 운전 중이던 나는 낯선 곳으로 차를 끌고 나가는 일이 부담스러워 스트레스 받았다.

품앗이에 대한 설렘보다는 운전에 대한 불안감 때문에 전날부터 가슴이 무겁고 잠이 안 올 정도였다. 다행히 운전 잘하는 품앗이 K엄마가 카풀을 제안해 그녀의 차를 이용하게 되었다. 아이넷과 두 명의 엄마가 한 차에 타더라도 협소함은 전혀 문제가 되지 않았다. 진짜 문제는 그녀의 시계가 90분씩 늦는다는 거였다.

나는 어딜 가든 약속한 시각보다 일찍 도착하는 스타일이다. 준비물은 간소하게 챙겨도 약속시간은 철저하게 챙기는 스타일이랄까. 하지만 그녀는 달랐다. '데리러 갈게요. 곧 출발해요.'라고 카톡 보내놓고 30분 넘게 출발하지 않는 건 보통. '곧 진미 씨 집 앞에 도착해요.'라고 카톡을 보내놓고 덜 챙긴 짐을 챙기러 본인 집에 되돌아가는 경우가 부지기수였다. 그녀의 시계는 늦어도 너무 늦었다. 태워줘서 고마운 마음도 잠시, 약속 시간에 매번 늦는 사람과 카풀하는 일이 속 터졌다.

어느 날 그녀는 품앗이의 모든 가족이 최종목적지에 도착했을 때까지 나와 아이들을 데리러 오지 않았다. 집 앞 도로에서 하염없이 기다려야 하는 심정은 이루 말할 수 없이 혼란스러웠다.

"엄마, K아줌가 또 늦는 거야? 다들 도착했다는데 우리는 뭐야? 우리도 그냥 차 타고 가자."

늦은 정도가 심해 아이들이 징징거렸다. 마음 같아서는 그녀에게 전화해 더 이상 기다리기 힘듦을 알리고 주차장에 잠자고 있는 우리 차의 운전대를 잡고 싶었다. 하지만 그렇게 했다가는 운전 내내 우울한 기분이 될 것 같아 화를 꾹꾹 참으며 그녀의 승용차가 우리집 앞에 나타나기만을 기다렸다.

반전도 이런 반전이 없을 것이다. 모두가 아는 K는 성실한 사람이다. 회사에서 궂은 허드렛일도 마다하지 않으며 자신의 업무를 해냈다. 7년간 지각, 결석 없이 워킹맘 생활하며 두 아이를 키웠다. 완벽한 워킹맘 모습과 상반되게 품앗이 모임 자리에선 약속 시간에 늦는 모습을 보이고 있다.

그러나 막상 그녀가 도착하면 화를 낼 수 없었다. 그녀는 다른 엄마보다 많은 물, 얼음, 간식, 과일, 돗자리 등을 챙기느라 늦는 거였다. 체구도 작은 사람이 짐을 바리바리 옮기며 우리 세 식구가 탈 자리를 만들어 주는 모습은 혼자 보기 안쓰러울 정도다. 목적지에 도착하면 불편했던 마음도 잊고 그녀 덕분에 더 많이 먹고 더 많이 마시면서 즐거운 시간을 보낼 수 있었다.

품앗이 날만 되면 나는 두 개의 시계를 본다. K엄마가 늦을 것을 알면서도 예의 습관대로 일찍 준비하고 들뜬 기분으로 골목에 나간다. 그녀가 올 때까지 아이들과 집 앞에서 하릴없이 놀며 마치 서머타임 준비하듯 마음의 시계를 늦추고 있다. 예전의 나였다면 그녀를 절대 이해하지 않았을 것이다. 약속 시간에 늦는 사람과 세 번 이상 약속을 잡지 않을 것이며 보복하듯 인간관계를 끊었을 것이다. 하지만 품앗이라는 이름으로 만났기에 성숙해져야했다.

품앗이는 시간에 대한 개념을 바꿔 놓았고 인간에 대한 포용력도 확장시켜 주었다. K엄마도 나를 통해 본인의 90분 늦은 시계를 돌아보는 기회를 얻지 않았을까. 다행스럽게도 K엄마가 약속 시간에 조금씩 빨라지고 있는 것 같아 서로 win-win이라 생각한다. 품앗이는 엄마들을 성장시키고 있다.

지해

엄마들도 이러한데 아이들은 오죽할까.
아이들도 우리처럼 서로에게 적응하며 조금은 성숙해지고 있겠지?

답글 ♥

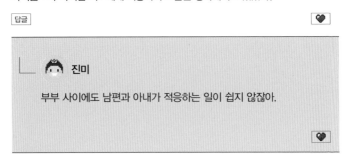

└ **진미**

부부 사이에도 남편과 아내가 적응하는 일이 쉽지 않잖아.

♥

 미영

기다림이 쉽지 않았지만 결국엔 늦는 사람까지 포용하는 성숙한 사람이 되었네.
품앗이는 정말 엄마도 성장시키는 것 같아.

답글 ♥

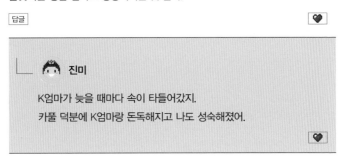

└ **진미**

K엄마가 늦을 때마다 속이 타들어갔지.
카풀 덕분에 K엄마랑 돈독해지고 나도 성숙해졌어.

♥

환희의 고충

아이의 시각에서 품앗이를 바라볼 필요도 있다. 환희는 친가 쪽에 사촌이 없고 외가 쪽에 여섯 명의 사촌이 있다. 외사촌이 모인 곳에서 제일 나이가 많아 형님 노릇을 하는 환희는 공교롭게 아이맘에서도 형님 노릇을 하게 됐다.

아이는 자신이 또 형이 된 사실을 싫어했다. 아이의 평소 욕구를 반영해 형이 있는 가정을 품앗이에 영입하고 싶었지만 종교생활, 친가 및 외가 방문, 주말 사교육 등 개인 스케줄을 양보하고 품앗이를 하려는 엄마를 만나기 쉽지 않았다. 멋진 롤모델이 되어줄 '형님'을 섭외하는 일은 연예인을 초빙하는 일만큼 어려웠다.

"네가 가장 나이가 많잖아. 그러니까 형님답게 행동해야지. 동생들 보는 앞에서 창피하게 삐치면 되나?"

하나뿐인 친동생도 다루지 못해 스트레스 받는 아이가 품앗이
에서 리더쉽을 발휘해주길 바라는 건 어른의 욕심이었다. 더욱
이 멋진 형님 롤모델을 본 적 없는 환희는 동생들이 모인자리에
서 형님이 아닌 딱 자기 나이의 역할만 했다.

왕형님 문화가 사라졌다. 골목에 형님이 존재하던 때는 서열
이 명확했고 큰아이의 특권도 존재했다. 나이 많은 아이는 동생
들 사이에 싸움이 생기면 재판관 역할을 맡았다. 무슨 놀이를 할
것인지, 어디에서 놀 것인지, 언제쯤 헤어지고 다시 모일지도 큰
아이의 의견이 중요했다. 지금은 큰아이든 작은 아이든 어른들
보호 없는 골목에 마음 놓고 풀어놓을 수 없는 시대가 되었다.
옛날의 아이들이 뒷산, 냇가까지 탐험을 즐겼다면 요즘 아이들
은 자기 집 앞에서 몇 백 미터 이상을 벗어나기 힘들다. 왕형님
이 부재할 수밖에 없는 이유다.

아이맘의 첫 몇 달은 또래 남자아이가 없었다. 환희는 담을 향
해 혼자 공을 차면서 공놀이 해줄 친구를 찾았다. 여동생들이
"환희 오빠"를 부르며 달려들긴 했지만 같이 공놀이 할 운동 실
력을 갖춘 상황은 아니었다. 그 때마다 환희는 나를 향해 호소하

는 눈빛을 보냈다.

여기는 어디? 나는 누구? 바로 그런 눈빛이다. 아이는 딱히 즐거워 보이지 않았다. 동생들만 많고 함께 공놀이할 남자아이도 없자 집에서와 다를 바 없이 '엄마, 심심해'를 연발했다.

아이에게 무엇을 해줄 수 있을까 고민하다가 다량의 당근을 투하하기로 했다.

"넌 자유야. 마음껏 놀아!"

품앗이 모임 날은 절대로 잔소리 안 하겠다고 약속했다. 품앗이에서는 공부도 안 하고 억지 체험도 안 하니까 맛있는 간식 먹으며 동생들과 신나게 뛰어 놀기만 하면 된다고 일러줬다.

집은 실내라는 공간적 특성상 엄마의 시각, 청각, 촉각이 아이의 움직임을 쫓게 된다. 화장실에 갔는지, 책상에 앉아 공부하는지, 게임기를 붙잡고 침대에 뒹굴거리는지 하나하나 알 수 있다. 하지만 밖에 나온 엄마와 아이는 자의반 타의반으로 물리적 거리를 유지하므로 서로의 비밀과 사생활을 존중할 수 있다. 또한 품앗이는 야외 모임의 특성상 층간소음, 벽간소음에 따른 제제 없이 남자아이의 테스토스테론을 마음껏 뿜낼 수 있다. 이러한 품앗이의 장점을 체험한 환희는 아이맘 모임날을 좋아한다.

몇 달 후, 남자아이 가족이 새로 들어오면서 환희 얼굴은 더 밝아졌다. 환희보다 한 살 어린 남자아이는 조용한 성격이어서 한동안 입을 닫고 있었지만 동성의 아이가 들어왔다는 사실만으로 감사했다. 두 남자아이는 서서히 친해졌고 함께 공놀이를 하며 여자아이들과 어울렸다.

여전히 어려운 과제는 새로운 멤버를 수혈하는 일이다. 그 많던 동네 아이들은 다 어디로 갔을까? 환희에겐 동생도 필요하고 형님도 필요하고 누님도 필요하다. 우리 환희뿐 아니라 대한민국 모든 아이들에겐 남동생, 여동생, 형, 오빠, 언니, 누나가 다양한 형태로 존재해야 한다.

지해

우리 아이들은 품앗이 덕에 다양한 연령대의 친구들과 어울리고 있지. 나도 처음엔 또래가 좋다고 생각했는데, 어울리다 보니 나이는 상관이 없는 거 같아.

답글

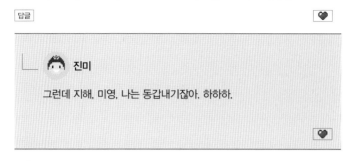

└ **진미**

그런데 지해, 미영, 나는 동갑내기잖아. 하하하.

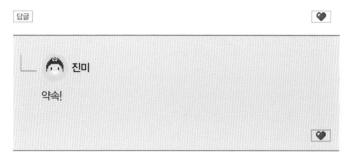

미영

친척들하고 모일 때도 제일 큰아이가 환희였다면, 정말 형이나 누나, 이왕이면 형이 함께했으면 좋았을 뻔 했네. 이런 연유를 몰랐으니 나는 또래 친구만 찾아 다녔네. ^^;; 3~4 가족 추가하면 꼭 남자아이가 많은 집을 영입하는 걸로.

답글

└ **진미**

약속!

133

때로는 아이 없이

가깝게 지내는 지인은 초등학교 2학년 딸을 품앗이로 키운다. 같은 어린이집 출신으로 꾸려진 품앗이는 여덟 명의 동갑내기 아이가 체험과 나들이를 즐기고 있다. 지인에게 활동 중 어려운 점을 묻자 엄마 관계라고 대답했다.

"뭐니뭐니 해도 어려운 게 엄마들 관계 아니겠어요? 언니, 동생이란 호칭을 쓰면 상하 관계가 형성되면서 사적인 영역으로 들어가 버리기 때문에 우리 품앗이는 서로 누구 엄마라고 부르며 거리를 유지해요. 언니, 동생이 되려고 만난 게 아니잖아요. 각자 한 아이의 엄마로서 동등한 관계를 누리다 보니 큰 마찰 없이 모이는 것 같아요."

지인의 품앗이는 공식 리더 대신 한 엄마가 대표 역할을 한다.

대표 엄마는 팀원 엄마들을 품으며 자신들의 모임이 나아갈 방향을 자주 상기시키고 있었다.

"그 엄마는 아이들 교육에 정말 관심이 많아요. 아이들을 위해 하루 종일 레이더를 돌리는 사람이기 때문에 우리 모임은 아이가 우선이에요. 아이를 위해 만들어진 모임이지 결코 엄마들의 친목이 아니라는 걸 알지요. 그래서 엄마들이 수다 떨며 서로 감정을 상하게 할 시간도 없고 그럴 생각도 없어요. 이런 분위기에 적응하지 못한 엄마 한 명은 벌써 떨어져 나갔습니다."

아이맘 역시 언니, 동생 호칭 대신 서로를 아무개 씨라고 부르며 경어를 사용한다. 엄마들은 각자의 나이를 모르고 나, 지혜, 리더 미영의 나이가 동갑이라는 사실 정도만 알고 있다. 엄마들은 시댁 흉을 본다거나, 남편 자랑, 값비싼 명품을 내세우며 팀원 간의 경제적 위화감을 조성하지 않는다. 엄마들이 지켜야 할 매너는 '규칙'에 존재하지 않지만 우린 자연스럽게 그 규칙을 만들고 지키는 셈이다.

지인의 품앗이와 다른 점이 있다면 아이맘은 아이들을 위해, 그리고 엄마를 위해 열려있다는 것이다. 초기 멤버인 나, 지혜, 미영은 아이가 소중한 만큼 엄마의 커리어와 꿈도 중요하다는

데 동의했다. 끌어당김의 법칙 결과인지 뒤에 합류한 엄마들 역시 자신의 꿈과 커리어를 위해 꾸준히 달리는 사람들이다.

품앗이는 사적 대화이든 공적 대화이든 엄마들 간의 소통이 민주적이고 효율적이어야 한다. 품앗이 모임은 아이를 동반하고 진행하기 때문에 회의, 결산보고 등의 시간을 따로 갖기 어렵다. 늘 아이를 살펴야하기에 개인사를 묻고 수다를 나눌 시간은 더더구나 없다.

이러한 아쉬움을 보완하기 위해 품앗이 결성 두 해만에 엄마들만 모이는 번개 모임을 기획했다. 직장 다니는 엄마들을 고려해 집 근처 주점에서 늦은 시간에 모였다. 엄마들은 전례 없는 밤 외출에 참석하려고 남편에게 아이를 맡기거나 친정 식구 찬스를 썼다.

번개 모임에서 품앗이의 몇 가지 사안을 결정하고 아이들과 나누고 싶은 체험 아이디어를 공유했다. 엄마들의 개인적인 이야기를 나누는 시간도 가졌다. 우리는 각자의 직업 정도만 알고 있었지 한 인간으로서의 고민이라든가 목표, 비전 등에 대해서는 대화 나눌 기회가 없었다.

사회복지사 자격증 강의를 듣고 있다는 엄마는 결혼 전부터 해오던 영어 강사 일을 곧 그만둔다고 했다. 사회복지사에 관심 있는 또 다른 엄마가 그녀에게 자격증 취득과 관련한 궁금한 점을 물었다. 보습학원을 운영 중인 엄마는 공부하기 싫은 아이의 속마음을 보듬고 학습 동기 세워주는 노하우를 들려줬다. 또 한 엄마는 유치원 교사로 일하며 겪는 심리적, 육체적 고충을 들려주며 엄마들과 맥주를 나눴다. 나는 새로 취직한 회사의 업무 피로도가 심해 번개 모임 내내 한숨을 쉬고 있었는데 워킹맘 엄마들이 현실적인 조언을 해주어 도움이 되었다.

품앗이와 엄마와 아이는 삼각을 이룬다. 어느 한쪽으로 기울어서도 안 된다. 특히 모성애라는 에너지원으로 만들어진 품앗이는 엄마들의 의사소통을 장려해야 한다. 아이 없이 모이는 시간을 갖고 효율적이며 민주적인 대화를 나누어야한다. 그 시간을 어떤 대화로 채우느냐에 따라 품앗이가 해체될 수도 있고 서로에게 힘이 되는 품앗이로 거듭날 수도 있다.

지해

그날의 대화가 품앗이의 해체로 가지 않은 것에 감사해. ^^
다음엔 더 길고 진하게!!

답글

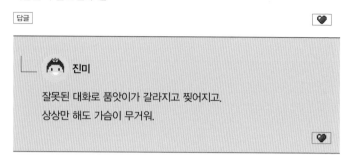

　　└ **진미**

　　잘못된 대화로 품앗이가 갈라지고 찢어지고.
　　상상만 해도 가슴이 무거워.

 미영

매번 아이들과 함께 모이다가 이렇게 엄마들끼리 모이니 더 진한 대화를 할 수
있었던 거 같아. 호칭은 다른 모임에서 느낀 건데 언니, 동생보다 경어가 좋은
거 같아서 사용했는데 이게 품앗이에 더 도움이 된 거 같아 좋네. ^^

답글

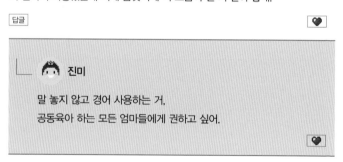

　　└ **진미**

　　말 놓지 않고 경어 사용하는 거,
　　공동육아 하는 모든 엄마들에게 권하고 싶어.

품앗이 안에서 성장하는 아이들

아이들의 경험을 중요하게 생각한다. 다양한 경험을 쌓고 생각의 틀을 넓혀주기 위해 노력하지만, 이것 또한 혼자보다는 둘이 둘보다는 셋이 함께할 때 더 넓고 깊이 있게 만날 수 있다. 3년이 넘는 시간 동안 품앗이를 통해 많은 것을 체험하고 또 많은 곳을 다녀왔다.

곤충박물관, 과학관, 공원, 계곡, 수영장, 도자체험, 각종 축제에 아빠들과 함께하는 1박2일 워크숍까지. 우리 가족만의 시간 그리고 다른 가족, 친구들과 함께 하는 시간은 비슷한 듯 다르다. 또 다른 규칙을 지켜야 하고, 많은 이들에게 배려하고 양보하며 그 안에서 내 의견을 전하고 설득 또는 조율을 해야 한다. 피곤하고 신경 쓸 일이 많지만 그만큼 풍성하고 재미있다. 부모 세대인 우리의 어린 시절보다 가족, 이웃, 친구들과의 교류가 적은 아이들은 품앗이 안에서 북적북적한 사람 냄새를 맡는다.

첫째 아이 8세, 둘째 아이 5세 때 품앗이에서 도자기 체험을 다녀온 후, 일 년 만에 같은 장소를 다시 찾았다. 한 해 전보다 많아진 인원 덕분에 체험카페가 꽉 찬 느낌이었다. 옹기종기 모여 앉은 아이들 모습이 예뻐 보여 남기지 않을 수가 없었다. 찰칵찰칵.

여전히 남과 여 따로 앉은 테이블이지만 일 년 전과는 다른 익숙함이 존재했다. 눈빛을 반짝이며 강사님의 말씀을 기다리는 아이들. 왠지 쑥 자란 것 같은 모습을 하고 있다. 작년 이곳에서 나는 수업이 진행되는 동안 둘째 아이 곁에 앉아있었다.

"엄마, 가지 마. 여기 내 옆에 있어 줘요."
"엄마, 이건 어떻게 해?"
"엄마, 나 이거 잘 안 돼."

4세, 5세 아이가 있으니 쉬운 듯 쉽지 않은 수업이었다. 저마다 엄마의 손길을 필요로 했던 아이들이, 이제는 홀로 앉아 할 수 있단다. 강사님께서도 한번 아이들만 데리고 해볼 테니 나가 있으라고 말씀하셨다. 덕분에 엄마들에게 차 한잔하며 수다를 나눌 수 있는 시간이 주어졌다.

그러나 '이리 좋을 수가!' 했던 마음은 잠시, 이 시간쯤이면 엄마를 부를 때가 됐는데, 잘하고 있는 건가. 차를 마시면서도 궁금했던 나는 살금살금 다가가 아이들이 수업하고 있는 모습을 몰래 지켜보았다. 집중할 때면 앞으로 쭉 모아지는 입술을 하고는 둘째 아이가 도자기에 색을 입히고 있다. 첫째 아이는 어느새 색을 입히고, 섬세한 선들로 자기만의 작품을 완성해나가는 중이었다. 몇 분마다 한 번씩 '엄마'를 찾던 아이들. 자기가 해놓은 것에 확신이 없어 몇 번이고 괜찮은지를 묻던 아이들은 어느새 자라 스스로 콘셉트를 정하고, 색을 고르고, 입히고, 그려나갔다. 그리고는 자랑스럽게 완성한 작품을 들고는 커다란 미소를 지어 보였다.

일 년이라는 짧은 듯, 긴 시간 동안 아이들의 마음속에는 무엇이 자라났을까. 체험 후 찾은 공원에서도 아이들은 삐걱거림 없이 뛰어놀았다. 한 해전까지만 해도 어수선했던 아이들, 같은 공간에서 보니 변화가 확연히 더 들어왔다. 몇 주 뒤 받아 본 도자기 두 개는 아이들의 그 날의 시간이 고스란히 담긴 작품이었다. 한 해전 것과 비교해보니 아이들의 성장이 느껴졌다.

나의 아이들은 누군가에게 먼저 다가가거나 마음을 쉽게 여는 성격이 아니다. '안녕'이라는 한마디를 건네기가 어려운 아이들.

그런 아이들이 품앗이 안에서는 목소리가 커지고, 먼저 챙기거나 따르는 모습이 자연스럽다. 많은 이들이 함께할 때는 기다려주고, 배려해주고, 규칙에 따라야 한다는 것도 알게 된다. 학교에서는 배우지 못한 무언가를 품앗이 안에서 익혀나간다. 정해진 것을 정해진 시간에 정해진 장소에서 배우는 학교와는 다르게, 아이들 한 사람 한 사람이 주체가 되어 자유로운 놀이를 이끌어간다. 그리고 그 곁에는 커다란 울타리인 엄마들이 존재한다.

아이들이 마음을 열고, 몸과 마음이 건강하게 자랄 수 있도록 함께 고민하고, 나누는 이들이 있어 든든하다. 이 시간을 통해 엄마인 우리도 한 뼘 더 성장하리라 믿는다.

진미

아이들 다툼을 지켜보며 직감했지. 시간이 해결해주리란 걸 말이야. 처음엔 아이들 다툼 지켜보는 게 고통스러웠지만 이젠 괜찮네. 싸움 그 다음의 상황을 통해 아이들은 사회성을 배우고 있어.

답글   ❤

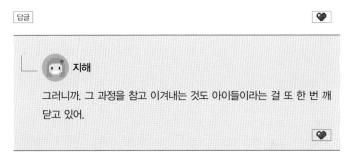

그러니까. 그 과정을 참고 이겨내는 것도 아이들이라는 걸 또 한 번 깨닫고 있어.

 미영

아이들뿐 아니라 엄마들도 많이 성장할 수 있는 시간이 되는 거 같아.

답글   ❤

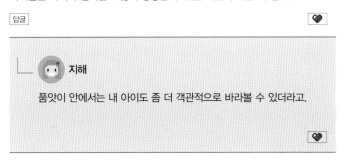

품앗이 안에서는 내 아이도 좀 더 객관적으로 바라볼 수 있더라고.

계획은 계획일 뿐이다

공원을 누비며 뛰어놀던 우리가 날씨가 춥다는 걸 핑계로, 오랜만에 조금은 정적인 공간을 찾기로 했다. 서울 과천에 위치한 '국립과천과학관'이다. 국립과천과학관은 상설전시장, 옥외전시장, 생태체험학습장, 천문시설 등 실내이지만 꽤 다양한 체험을 할 수 있다.

"과학관이니 팀별로 미션을 주거나 해서, 알차게 다녀오는 건 어때요?"
"좋다, 좋네. 아이들 협동심도 기르고, 공부도 할 겸."

그동안 풀어만 놓던 아이들을 위해 뭔가를 한다니 왠지 설레기도, 기다려지기도 했다. 하지만 계획은 계획일 뿐. 좋다는 멤버 중에도 누구 하나 당일까지 그것에 대해 이야기를 꺼내는 이가

144

없었다. 지금 생각해도 궁금하다. 왜 아무도 나서지 않았을까. 나조차도.

자유롭게 입장하여 아이들이 원하는 대로 둘러보고 체험을 했다. 함께 다녀도 나이가 어린 막내들(당시 4~5세)은 언니, 오빠들과는 다른 즐길 거리를 찾는다. 엄마의 손이 필요한 시기다. 1~2시간 자유롭게 관람 후 점심을 먹기 위해 한자리에 모였다. 과학관 내 상설전시장 2층 휴게공간은 도시락을 이용하는 이들에게 안성맞춤인 곳이다. 김치볶음밥, 유부초밥, 컵라면, 김밥 등 각각 나누어 도시락을 싸 왔다. 언제나 푸짐한 점심이다. 모여 점심을 먹고 나니, 아이들은 더 풀어지기 시작했다. 각자 보고 싶은 것도 다르고, 즐기고 싶은 것이 다르다 보니 한 데 모여 다닌다는 게 쉽지 않았다.

게다가 아이들이 재미있어할 만한 체험은 대부분 방문 전 홈페이지를 통해 또는 당일 상설전시장 1층 현장에서 예약을 해야 했다. 예약을 하지 못한 우리는 그저 그 외의 것들을 즐겨야 했고, 현장 예약 가능했던 체험들은 대기시간이 길어 아이들이 지루해하기도 했다. 남자아이들은 슬슬 밖에 나가 뛰어놀고 싶은 마음에 몸이 근질근질했나 보다. 하나, 둘 나가더니 어느새 사물함에 차곡차곡 넣었던 외투를 꺼내 입고 전원 밖으로 출동!!

뛰어다니는 것도 안 돼, 소리를 지르는 것도 안 돼, 안 되는 것이 넘쳐났던 실내와는 다르게 마음껏 뛰어놀 수 있는 과학관 옆 놀이터는 아이들에게 천국이라 해도 과언이 아니었다. 겨울이었음에도 추운 걸 모를 정도로 땀을 내며 놀았으니 말이다. 과학관 내에서는 다섯 가족이 함께 이동하기에 어려운 점이 많았다. 다음 방문 시에는 한 가지 주제를 정해 해당 주제와 관련한 전시나 체험을 계획하고 가보자며 아쉽지만 설레는 계획을 세웠다.

"애들은 역시 뛰어놀아야 돼. 다음에 또 옵시다!!"

실내체험 20%, 실외 뛰어놀기 80%. 이럴 거면 먼 곳까지 왜 왔니. 다음엔 멀리 오지 말고 그냥 가까운 데서 뛰어놀자며, 우리 아이들은 아직 뛰어놀아야 한다며, 오늘 정말 실컷 잘 놀고 간다며, 엄마들도 아이들도 웃으며 작별 인사를 했다.

우리에게 과학관이란, 실컷 뛰어놀다 온 곳. 계획은 계획일 뿐. 주도하는 사람이 없다면 무산될 가능성이 크다. 실천을 위해서는 누군가 총대를 잡아야 한다는 것을 기억하자는 다짐을 하며 아이맘 활동을 이어가기로 했다.

진미

아이들이 실내전시를 얼마나 오래 볼 수 있겠냐고. 전시장 밖에서 좋은 공기 마시고 잔디밭 뛰어다니고 킥보드 타고 분수대 드나들면서 환호성을 지르잖아. 자연 친화적 실외 공간을 갖고 있는 곳이 더 많아지면 좋겠어.

답글 🖤

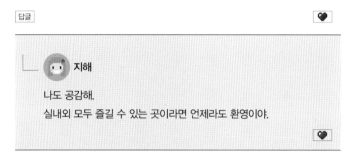

> **지해**
>
> 나도 공감해.
> 실내외 모두 즐길 수 있는 곳이라면 언제라도 환영이야.
>
> 🖤

 미영

처음 과학관 방문을 계획했을 때는 실내 프로그램을 통해 다양한 경험을 늘려주고 싶었는데, 결국엔 과학관 앞마당이 우리의 최고의 코스였지. 오히려 그렇게 놀다 온 즐거움 경험이 아이들에게 과학관을 더 친근하게 만들어 주는 건 아닐까 생각되네.

답글 🖤

> 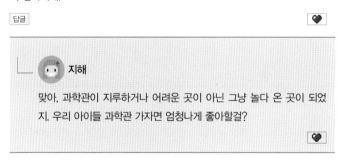 **지해**
>
> 맞아. 과학관이 지루하거나 어려운 곳이 아닌 그냥 놀다 온 곳이 되었지. 우리 아이들 과학관 가자면 엄청나게 좋아할걸?
>
> 🖤

나누면 더 풍성해진다

현재 우리 육아 품앗이 아이맘이 속한 건강가정지원센터에는 학습, 육아, 놀이, 체험 등의 활동을 하고 있는 다양한 육아 품앗이가 있다. 센터에서는 이들 전체 품앗이를 위한 단체문화프로그램과 교육 등을 지원하고 있다. 부모와 자녀가 함께 참여할 수 있는 프로그램이 그리 많지 않기에, 아이의 나이가 어릴수록 부모는 아이 위주로 체험을 하게 된다. 이 점이 항상 아쉬웠다. 센터에서는 온 가족이 참여할 수 있는 프로그램을 제공하여 가족 모두가 만족할 수 있다.

몇 해 전부터는 다양성을 늘리고 연령대에 맞는 프로그램과 품앗이 가족 모두가 참여의 기회를 누릴 수 있도록 돕기 위해, 각 품앗이별로 추천하여 전체 프로그램을 진행하고 있다. 덕분에 공예, 놀이, 교육 등등 더 풍성하고 다채로운 프로그램을 만날 수 있게 되었다.

아이들은 센터에 간다고 하면 '오늘은 또 어떤 재미있는 것을 할까?'를 기대하며 손꼽아 기다린다. 타 품앗이와 한자리에 모여 인사를 나누고 이야기를 듣다 보면, 서로에게 좋은 자극을 받기도 하고 위로와 격려를 주고받기도 한다.

아이맘이 결성되고 처음으로 참여했던 프로그램에서는 아이들과 함께 보석십자수를 이용해 시계를 만들었다. 무엇부터 채워나갈지로 대화의 물꼬가 트고 부모와 아이는 자연스레 서로에게 집중하며 일상에 대한 이야기를 주고받는다. 작은 보석들을 하나하나 그림에 맞춰 붙이는 작업은 어른에게도 쉬운 일은 아니었다. 하지만 부모와 자녀가 함께 하니 '언제 끝나지?' 했던 마음은 어느새 '우와, 예쁘게 완성되어 가고 있어.'로 바뀌었다. 완성된 작품을 들고 뿌듯해하던 아이들의 모습이 선하다.

아이맘이 추천하여 타퓸앗이와 함께 했던 인절미컵케이크 만들기는 아이들에게 인기 만점이었다. 집에서 아이와의 요리 활동을 계획하는 부모들이 많지만, 막상 닥치면 포기하거나 미루게 된다. 그것도 아니면 이런저런 제한을 두며 아이에겐 할 수 있는 것보다 하지 못하는 것들이 많기도 하다. 센터프로그램 이용 시엔 그러한 걱정이 줄어든다. 전문가가 진행을 해주고, 나

말고도 아이를 지켜봐 줄 다른 이들이 있다. 아이들 또한 또래와 어울려 무언가를 해나가는 기쁨, 함께 하는 기쁨을 맛볼 수 있다. 이렇게 만든 맛있는 음식은 집으로 가지고 와 다른 가족과도 나눠 먹는다.

"아빠, 이거 오늘 우리가 만든 거예요~!! 맛있죠?"

멕시코의 '치킨 파히타'로 다문화 요리교실에 참여한 날은, 타국의 문화와 그들이 즐기는 각종 음식에 대한 이야기까지 풍성하게 다뤄주어 알찬 시간을 보냈다. 강사님의 설명을 듣고 아이들이 직접 재료를 자르고, 볶고, 섞고 완성해 나가며, 아이도 부

모도 어렵게만 다가오던 요리에 대한 자신감이 자라는 것은 물론 다양한 문화를 이해할 수 있는 시간이었다.

우리 가족만의 작은 정원, 테라리움을 만들던 날은 두 아이가 티격대격 하는 통에 정신이 하나도 없었다. 다행인 건 함께했던 다른 품앗이원들의 응원과 격려였다. 전체 프로그램에 참여하다 보면 자연스레 '함께 돌보고 함께 키우는' 마음이 자리하게 된다. 먼저 마무리가 된 가족이 다른 가족을 돕는 모습은 흔하디흔한 모습이다. 정리 또한 너와 나 할 것 없이 모두가 한마음이 되어 뚝딱!! 아이도 어른도 보고 느끼는 것들이 많다.

몇 개의 프로그램은 품앗이 회원의 재능기부로 진행되기도 했다. 아이맘에서는 두 엄마가 참여해 재능기부로 프로그램을 진행했다. 워킹맘이 아닌 이상, 육아를 하다 보면 나도 모르게 사회에 발하나 들이는 게 쉽지가 않다. 뒷걸음질 치게 된다. 재능기부를 통해 누군가의 엄마가 아닌 사회 일원으로서의 삶을 응원하며 박수를 보낼 수 있는 시간이었다.

한 해의 결산 간담회는, 부모와 아이가 분리되어 진행되었다. 아이들이 전래놀이 선생님과 함께 한바탕 신나게 노는 사이, 부모는 품앗이의 일 년을 돌아보며 기나긴 이야기를 나누었다. 우리만의 시간 속에서 정신없이 달려오던 한 해를 조금은 객관적으로 바라볼 수 있는 시간이기도 하다. 아이맘의 일 년과 다른 품앗이 그룹의 일 년은 다르다. 서로를 통해 모자란 부분은 채워나갈 수 있는 기회를 얻고, 스스로를 칭찬할 수 있는 힘도 생긴다. 품앗이가 무엇인지 어떤 가치관을 가지고 나아가야 하는지 또한 배울 수 있는 자리이다.

마음 맞는 이들과 함께 하는 시간이 우리만의 작은 모임이 되어도 좋지만, 어딘가에 속해있다면 모임을 이끌어가며 마주하는 여러 어려움과 부담감으로부터 해방될 수 있다. 나란히 걸으며 함께 고민하고 나눌 수 있는 자리를 마련해주며, 이러한 것들은 품앗이를 오래 이어갈 수 있는 길을 열어준다. 아이맘은 센터로부터 부모교육, 나들이 활동 지원, 품앗이 회원 대상 교육 등 품앗이 활동이 원활히 진행되도록 다양한 지원을 받고 있다.

진미

보석십자수가 기억에 남아. 섬세한 작업이다 보니 마무리할 때는 손이 달달 떨리더라. 여자아이들이 좋아할 거라고 생각했는데 두 아들이 즐겁게 해내는 모습 보고 대견했어.

`답글`　　　　　　　　　　　　　　　　　　　　　　　　　❤️

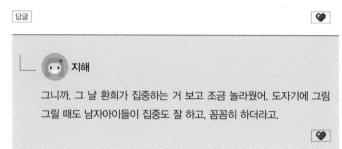

└ **지해**

그니까. 그 날 환희가 집중하는 거 보고 조금 놀라웠어. 도자기에 그림 그릴 때도 남자아이들이 집중도 잘 하고, 꼼꼼히 하더라고.

❤️

 미영

다양한 프로그램을 품앗이 친구들과 함께하니 즐거움이 두 배가 되는 거 같아. 아이만 체험하는 프로그램이 아니라 가족이 함께하는 프로그램이라 더 의미가 있고.

`답글`　　　　　　　　　　　　　　　　　　　　　　　　　❤️

└ 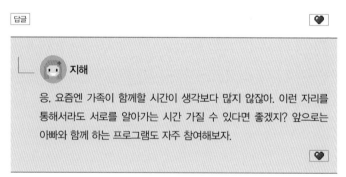 **지해**

응, 요즘엔 가족이 함께할 시간이 생각보다 많지 않잖아. 이런 자리를 통해서라도 서로를 알아가는 시간 가질 수 있다면 좋겠지? 앞으로는 아빠와 함께 하는 프로그램도 자주 참여해보자.

❤️

154

놀 줄 모르는 아이들에게

미영과 육아 품앗이를 계획하며 가장 중심을 두었던 것은 하나였다. 아이들이 엄마의 안전한 울타리 안에서, 다양한 아이들과 더 신나게 더 즐겁게 뛰어놀 수 있다면 좋겠다는 것.

나의 어린 시절엔, 학교 끝나면 밥 먹고 나가 뛰어놀다가 저녁에 밥 한 공기 먹고 다시 나가 해가 지면 집에 들어왔다. 고무줄놀이, 땅따먹기, 비석치기, 제기차기, 공기놀이, 말뚝박기는 물론 뒷산에 올라 잠자리 잡고, 개구리 잡으며 시간을 보냈다. 그리 실컷 놀고 들어오는 날은 잠이 절로 쏟아졌다.

힐러리 클린턴 또한 어린 시절, 골목대장을 도맡을 만큼 또래들과 다양한 놀이를 즐겼다고 한다. 규칙, 타협, 협동 등 모든 것을 책이 아닌 놀이를 통해 배운 것 같다는 힐러리의 말이 와닿는다. 놀이의 중요성을 알기에 집에서 아이들과 많은 놀이를 즐겼다. 하지만 엄마와 아이 사이의 놀이에는 한계가 있다. 어른과 아이와의 놀이에서는 언제나 어른이 주체가 된다. 어른이 이끄는 대로 어른의 방식대로 흘러가게 마련이다. 힐러리의 말대로 또래와의 놀이에서는 서로 타협하고 협동하는 법, 배려하는 법, 거절하는 법 등 자신이 주체가 되어 더 다양한 것들을 배우고 얻게 된다. 무엇보다 즐겁다.

누구나 아이들은 놀며 자라야 한다는 걸 알고 있지만, 현실 속에서 실천은 쉽지 않다. 수업이 끝나면 학교 앞에는 영어학원, 수학학원, 태권도, 미술학원…. 나열하기도 힘들 만큼 많은 학원 차량이 줄지어 서 있다. 친구를 사귀려면 학원에 가야 한다는 말이 있을 정도다. 나의 아이들은 누군가에게 먼저 다가가는 성격이 아니기에 그마저도 친구를 사귈 기회가 많지 않다. 놀이터에 가도 3~4세 어린 친구들을 제외하고는 또래 친구를 만나기 힘들다.

친구를 만날 기회가 적고, 제대로 맘껏 뛰어놀 시간이 없으니 어떻게 노는지 모르는 아이들도 많다. 놀이터에는 가끔 옹기종기 모여 휴대폰 게임을 즐기는 아이들도 있다.

이런 아이들에게 실컷 노는 장을 만들어주고 싶었다. 어른이 정해준 틀 밖에서, 어른의 제약 밖에서 자유롭게 놀 수 있는 장 말이다. 이 부분에서는 미영도, 진미도 잘 통했다.

대부분의 육아 품앗이라면 재능기부의 형태를 갖추고 있다. 한 엄마가 피아노, 한 엄마가 미술, 한 엄마가 영어 등을 한 번씩 돌아가며 아이들을 가르치는 모임. 기관이 아닌 서로 믿고 의지하는 관계 속에서 배우고 나누는 자리도 물론 좋지만, 우리는 아이들에게서 어떠한 결과물을 얻어내는 것보다는 놀이 안에서 아이와 부모인 우리가 함께 성장하는 모임을 원했다.

처음엔 '신발 던지기'며, '무궁화꽃이 피었습니다'며 엄마들이 먼저 주도를 하며 놀았지만, 언제부터인가 아이들은 저마다의 방법을 찾아가고 있다.

"○○ 할 사람~!!"

하며 놀이를 주도하고, 스스로 규칙을 정한다. 의견이 맞지 않아 싸우고, 울고, 짜증을 내는 것 또한 그들이 겪어내야 할 과정이다. 그 과정 속에 따라오는 양보와 배려, 타협과 협동은 덤이다. 놀이에 어른이 개입하는 순간 주도권은 다시 어른에게도 돌아온다. 아이들이 스스로 판단하고 행동하는 것 또한 원점이다. 커다란 품앗이 내의 규칙 안에서 자유롭게 아이들의 놀이를 응원해보자. 도움이 필요하다면 그들이 직접 도움을 요청할 것이다.

아이들에게 필요한 도움이란, 신발 던지기를 하다가 지붕 위로 올라간 신발 꺼내주기, 나무 사이에 낀 비행기 꺼내주기, 다리 밑 개울물로 빠진 킥보드 꺼내주기, 아이들끼리 어찌해볼 수 없을 만큼 심하게 싸움이 불거졌을 때 중재의 역할이다.

외부환경의 변화로 인해 외출이 어려워지니 아이가 놀 수 있는 공간도, 시간도 줄어들고 있다. 조심스러워 놀이터도, 공원도 발걸음하기가 쉽지 않은 시기이다. 아이맘에서는 이러한 시대에 맞춰 아이들에게 어떻게 놀거리를 제공할 것인지를 고민하고, 조금씩 실천하고 있다. 무엇이든 고민하면 답이 있기 마련이다.

잘 노는 아이가 몸도 마음도 건강히 성장한다. 놀이를 통해 몸을 마음껏 움직이고, 자신의 감정을 표현할 수 있도록 기회를 만들어주자.

진미

놀이가 경쟁 구도를 만들어낸다는 점이 마음에 걸려. 이긴 팀과 진 팀으로 나뉘잖아. 어릴 때부터 놀이를 싫어했던 건 이기는 것에 눈곱만큼도 관심이 없었기 때문이야. 이기는 게 뭐가 중요해? 경쟁하는 놀이 말고 협동하는 놀이가 많아졌으면 좋겠어.

답글 ❤

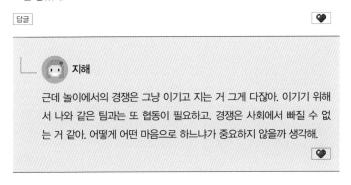

지해

근데 놀이에서의 경쟁은 그냥 이기고 지는 거 그게 다잖아. 이기기 위해서 나와 같은 팀과는 또 협동이 필요하고. 경쟁은 사회에서 빠질 수 없는 거 같아. 어떻게 어떤 마음으로 하느냐가 중요하지 않을까 생각해.

❤

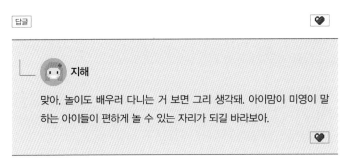 **미영**

예전에 비해 요즘은 노는 것 역시 공부와 같은 부담감으로 다가오는 경우가 많은 거 같아. 노는 것 자체를 즐기지 못한다고 할까. 아이들에게 편하게 놀 수 있는 자리를 더 많이 마련해 주고 싶네.

답글 ❤

지해

맞아. 놀이도 배우러 다니는 거 보면 그리 생각돼. 아이맘이 미영이 말하는 아이들이 편하게 놀 수 있는 자리가 되길 바라보아.

❤

같은 곳을 바라보며

품앗이의 성향은 리더의 성향과 비슷하다고 할 수 있다. 품앗이를 이끌어가는 리더가 어떤 방향으로 품앗이 멤버를 이끌어가느냐에 따라 그 모임이 결정되기 때문이다. 물론 품앗이 멤버를 선택할 때 성향이 비슷한 사람들을 모으는 것도 리더이기 때문이 아닐까.

[품앗이]
힘든 일을 서로 거들어 주면서 품을 지고 갚고 하는 일.
농촌에서의 비교적 단순한 협동 노동 형식.

농촌에서 비롯된 이 단어는 최근 육아 품앗이로 많이 쓰인다. 육아를 하려면 마을 하나가 필요하다고 할 정도로 힘든 일이다. 요즘은 아이를 낳아도 도와줄 사람이 없다. 과거에는 친척들이

가까이 살아서 서로 품을 도와주곤 했다. 오롯이 아이를 낳으면 부부의 몫이 최근 육아다. 아빠 육아가 늘고 있지만 아직까지는 엄마가 육아의 대부분을 맡는다. 어려운 일을 하는 엄마들에게 육아 품앗이는 단비 같은 일이다.

육아 품앗이 아이맘은 육아의 어려움을 겪는 엄마들이 모여 만든 모임이다. 처음 시작은 이 책의 작가 김진미, 최미영, 강지혜를 필두로 현재는 총 7가족이 함께하고 있다. 영어 잘하는 엄마가 영어공부를 가르쳐주고, 수학 잘하는 엄마가 수학 공부를 가르쳐주고, 미술 잘하는 엄마가 미술을 가르쳐주는 그런 형태의 품앗이는 아니다.

품앗이에서 공부를 배운다기보다 함께하는 것을 배우기를 원했다. 리더인 내가 원했고, 품앗이 멤버인 그녀들이 원했기에 우리는 공부보다는 야외활동을 중시한다. 아이들이 새로운 것을 많이 접할 수 있도록 해주고, 경험할 수 있는 시간을 만들어 준다. 혼자서 할 수 없는 것들을 함께 할 수 있도록 한다.

함께하면서 불편함도 있지만 함께하면서 배울 수 있는 것도 많다고 생각한다. 품앗이의 매력이 바로 그런 게 아닐까. 요즘은 한 집에 아이가 하나이거나 둘, 많아야 셋이다. 그런 상황에서 오빠, 언니, 형, 동생 할 수 있는 이런 사이가 아이들에게 얼마나 많은 힘을 줄지 기대되기에 우리는 함께한다. 함께함에 있어서 친구에게 배울 점도 있지만 형이나 누나, 오빠나 언니, 또는 동생에게도 배울 수도 있다. 형제 관계가 복잡하지 않은 요즘 배울 수 없는 것 중에 하나이기에 품앗이에서 아이들이 충분히 이 관계를 배울 수 있으면 좋겠다.

모이는 사람들의 다양성을 위해 남자아이가 적으니 새로운 멤버는 남자 위주의 멤버로 뽑으려고 노력 중이다. 연령대도 되도록 너무 벌어지지 않도록 비슷한 또래로 함께하고 있는데 그 바람에 아이들이 더 돈독해지기도 하지만 더 다투기도 하고 있는 게 흠이라면 흠.

앞으로 모임이 지속되면 그 방향성이 확고해질지 흔들릴지는 모르겠지만 지금의 멤버들이 함께한다면 걱정이 없다. 매달 한 번씩 모이지만 그 모임을 기다리는 아이들 덕분에 매달 품앗이 모임이 더 기대된다.

진미

며칠 전 아는 엄마에게 우리 품앗이를 추천했어. 평소에 품앗이 이야기를 많이 나눈 사이기 때문에 거리낌 없이 추천했지. 그런데 그 엄마가 일회성이 아닌 규칙적인 만남은 평소 본인 성격에 비췄을 때 큰 부담이 된대. 난 그 엄마를 기다려보기로 했어. 몇 년이 되어도 기다려볼까 해.

답글

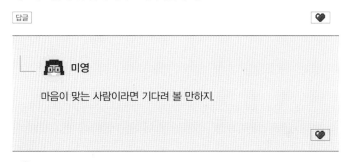

미영

마음이 맞는 사람이라면 기다려 볼 만하지.

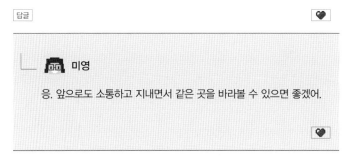

지해

함께 하는 사람들이 같은 생각을 가지고 모인다는 것이 중요해. 지금까지 누구 하나 아이맘의 큰 틀에서 벗어난 의견을 낸 사람이 없는 걸 보면, 다들 같은 곳을 바라보고 있는 거 맞는 거 같아. ^^;;

답글

미영

응. 앞으로도 소통하고 지내면서 같은 곳을 바라볼 수 있으면 좋겠어.

왁자지껄 품앗이, 정신줄 놓지 말자

여섯 가족이 함께한 날, 어른 6명, 아이 11명이다. 전체 인원이 17명이다 보니 이동하는 것도 뭔가를 하는 것도 쉽지 않다. 사람들을 통제하는 것도 뭔가를 진행하는 것도 어려운 데 그 어려운 일을 해냈다.

우리 품앗이는 건강가정지원센터에 소속되어 있다. 그래서 센터에서 진행하는 프로그램이나 센터의 지원을 받아 활동하는 일도 있다. 이날도 센터에서 진행하는 행사에 참여하러 간 터였다. 소속된 품앗이이기에 프로그램에 대한 설명도 미리 듣고, 체험 행사 참여도 용이한 편이다.

우리 센터는 다문화가족지원센터가 함께하기에 '세계인의 날'에 행사를 진행했었다. 각 나라의 물건들과 의상들을 전시하고 체험해보는 부스, 베트남의 간식 '반미 샌드위치'를 직접 만들어 보는 체험 부스, 각 나라의 건물을 폼블럭으로 직접 조립해 보는 부스가 마련되었다. 미리 체험에 관한 정보를 전해 들었기에 하루 종일 놀 생각으로 점심까지 준비해서 행사장으로 갔다.

아침 일찍 준비된 부스에서 체험신청을 했다. 리더는 행사장에 도착하면, 일정과 인원수를 미리 체크해서 신청해야 한다. 비용과 시간, 인원 체크는 필수사항이다. 우리 품앗이는 인원이 많기에 미리 신청하지 않으면 신청이 어렵거나 함께 할 수 없기에 서둘러서 신청을 완료했다. 그 덕분에 시간이 남아서 아이들과 돗자리를 펴두고 잠시 여유를 즐겼다.

시간이 임박하자 준비해 행사장으로 갔다. 사람들이 붐비는 행사장에서 아이들과 가족들을 다 챙기기는 쉽지 않은 일이다. 모두를 챙겨서, 건물 조립하는 부스에서 먼저 체험을 시작했다. 아이들이 조립하는 속도가 다르기에 먼저 한 아이들은 따로 챙겨서 다음 체험을 준비했다. 이때 리더는 아이들마다 체험 시간이 다르니 남는 시간을 활용할 방법도 고민해야 한다. 간식이나 대기시간을 때울 다른 부스를 찾아보는 것도 한 가지 방법이다.

다음 체험은 '반미 샌드위치 만들기'였다. 과정이 어렵진 않았지만 여러 명의 아이들이 함께하기에 북적거리는 느낌이 들었다. 진행하시는 선생님이 오랜 시간 아이들을 가르친 선생님이라 능수능란했다. 반미 안에는 '고수'라는 재료가 들어가는데, '화장품 향'이 나는 식재료라 아이들이 직접 선택할 수 있게 해주었다. 반짝반짝 빛나는 눈으로 선생님의 설명을 들으며 고사리손으로 샌드위치를 만드는 아이들의 모습을 느낄 새도 없이 순식간에 체험이 끝났다.

샌드위치를 만든 후에는 직접 가르쳐 주신 선생님과 사진 촬영하는 시간도 가졌다. 이 역시 센터 소속 품앗이라 누릴 수 있었던 혜택이다. 아이들의 기억 속에 많이 남는 시간이길 바라며.

프로그램 참여 후에도 아쉬운 아이들을 위해서 더 놀다 가기로 결정했다. 이날 센터 품앗이 담당 직원이 품앗이 활동을 살펴본다고 왔었다. 아이들과 함께 '무궁화 꽃이 피었습니다', '땅따먹기'등의 게임을 하며 30분 정도 놀아준 덕분에 엄마들이 잠시 쉴 수 있어 더 즐거운 시간을 보냈다. 이렇게 사람이 많은 행사장이나 전시장에 방문할 때는 인원수가 많으니 인원 점검은 필수이고, 아이들과 헤어질 때를 대비해서 어떻게 대처해야 하는지 미리 이야기를 나누는 것이 좋다. 미아 방지 팔찌나 목걸이를 해주는 것도 한 가지의 방법이고, 품앗이 아이들끼리 동일한 옷을 챙겨 입는 것도 서로를 알아보기 좋기에 필요하다.

아무런 사고 없이 많은 인원이 행사를 무사히 마칠 수 있었던 것도 어쩌면 이러한 규칙을 잘 지켰기 때문이다. 우리 아이들끼리 놀 때보다 행사를 다녀온 날은 더 피로감이 느껴지는 게 더 많은 신경과 정신을 쏟기 때문이 아닐까 싶다.

진미

옷 입어보고 모자 써보는 것도 재미있는데 뭐니뭐니해도 즐거운 체험은 베트남 반미 만들어 먹기였어. 아웅. 또 먹고 싶다.

답글

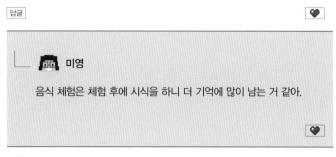

미영

음식 체험은 체험 후에 시식을 하니 더 기억에 많이 남는 거 같아.

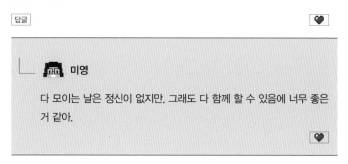 **지해**

정말 인원 다 보이는 날은 정신이 하나도 없어. 리더가 제일 고생이 많지. 항상 고마워.

답글

미영

다 모이는 날은 정신이 없지만, 그래도 다 함께 할 수 있음에 너무 좋은 거 같아.

하얗게 불태운 워크숍

품앗이로 아이들과 함께하는 시간도 좋지만, 엄마 육아에 치우쳐져 있는 점이 안타까웠다. 가족 워크숍을 기획한 건 아빠들도 함께해보자는 취지에서였다.

시작 전부터 리더로서 챙겨야 할 것들이 많았다. 날짜 결정, 장소섭외는 물론이고, 인원 점검, 준비물 나누기까지. 먼저 날짜는 여러 가지 선택지를 주고 많은 사람들이 참여할 수 있는 날짜로 결정하고, 1박 2일을 할 예정이라 주말로 결정했다. 장소는 최대한 가깝고 아이들이 놀기 좋은 곳, 잠을 잘 때 방이 나눠져 있는 것이 아니라 하나로 되어 있는 곳을 찾았다. 그러니까 대학생 때 MT를 가면 한꺼번에 모여서 이야기를 나누는 그런 통방이 있는 곳 말이다. 아이들을 위한 곳을 찾았고, 아이가 많다 보니 장소 섭외가 쉽지 않았다. 1월이라 MT촌들은 비수기였기에 그나마 통방으로 되어 있고 총 5가족이 함께 잘 수 있는 곳을 찾았다.

준비물은 평소대로 필요한 것을 적고 배분을 했다. 참여율이 좋은 우리 품앗이원들 덕분에 배정은 어렵지 않았다. 그리고 가장 중요한 건 아이들과의 놀거리, 많은 아이들이 하루종일 논다고 했을 때 아무것도 없다면 지루할 수 있어서, 많이 고민했다. 메인 이벤트로 겨울 놀이로 빠질 수 없는 눈썰매를 타기로 결정하고, 첫날 낮에는 눈썰매, 저녁에는 레크레이션을 생각하고 일정을 정했다.

참여하는 총 5가족 중에서 3가족은 아빠가 동반하고, 2가족은 아빠가 불참했다. 아빠가 없는 아이들이 불편하면 어쩌려나 걱정이 되었는데, 다행인지는 모르겠지만, 눈썰매 탈 때는 아빠 동반한 3가족만 만나서 눈썰매를 즐겼다. 겨우 내내 눈이 오지 않아서 눈썰매를 본 아이들이 흥분하면서 신나게 눈썰매도 타고, 눈사람도 만들면서 겨울을 만끽했다.

눈썰매 타기를 마무리하고, 숙소에 도착해서 잠시 쉬면서 후발대 2가족을 기다렸는데, 전체가 다 모이자 아이들은 흥분의 도가니였다. 항상 짧게 놀아서 아쉬워했던 아이들이라, 하룻밤 자고 간다는 거 자체에 너무너무 즐거워했다.

　잠시 쉬는 동안 저녁에는 어떤 게임을 할까 엄마들과 고민을 했다. 스피드 게임, 몸으로 말해요, 형님이 동생 업어주기, 이어달리기, 장애물 경주 등을 준비했다. 게임을 위한 준비물도 챙기고, 어떤 식으로 진행할지 고민도 했다. 그사이에 한 아이가 게임을 궁금해했고, 어떤 게임을 하는지 알려준 바람에 아이가 게임 연습을 시작했다. 덩달아 다른 아이들도 연습을 하기 시작했다. 형평성에 맞지 않는 것 같아서 게임을 취소한 게 화근이 되었다. 아이들은 연습을 했는데 왜 하지 않는지 물었고 이때부터 머릿속이 복잡해졌다.

　일단 재미를 위한 선물 뽑기까지 마련하고, 저녁식사를 우선 챙겼다. 역시나 야외에서 빠질 수 없는 고기, 인원이 많아서 넉넉하게 준비했다. 목살과 양념갈비를 굽는 건 아빠들의 몫. 엄마들은 실내에서 아이들의 저녁을 챙겼다. 준비된 식판에 아이들 밥과 고기, 반찬, 그리고 방금 끓인 보글보글 된장국까지 챙겨서 먹었다. 분업해서 아이들의 밥을 챙기니, 순식간에 뚝딱! 맛있는 식사를 할 수 있었다.

　저녁 식사 이후부터 다시 삐그덕 거리기 시작했다. 밥을 다 먹은 아이들이 밖으로 나가고 싶어 했기 때문이다. 다 먹지 않은 아이들도 있어서 내보낼 수 없었다. 아이들에게 말하고 나가지 못하게 하는데, 한 엄마가 아이가 나가는 걸 막지 않았다. 그때부터 아이들이 동요했고, 아이들을 챙기는 것에 어려움이 생겼다.

우여곡절 끝에 엄마들 저녁까지 끝나고, 마음 같아선 아빠들과 같이 야외에서 이야기도 나누고 하고 싶었지만, 아이들이 지루해하기 시작했다. 긴 시간을 같이 놀아본 적이 없어서 그런지 아이들이 계속 뭔가 하자고 요구하기에 이때가 레크리에이션 시간이라는 생각이 들어 레크리에이션을 시작했다.

달리기로 예열을 하고, 게임을 시작했는데, 과열양상이었다. 서로 이기겠다고 아등바등. 팀을 나누는 것도 어려웠다 초등학생들도 있었고, 꼬마들도 있었기에 함께하니 팀을 이탈하는 아이도 있고, 미취학 아이들이 변수라 이 아이들의 컨디션에 따라 팀의 승패가 좌우되니 큰아이들의 비난이 속출했다.

다같이 즐길 수 있는 게임을 찾아 '몸으로 말해요'를 진행했는데, 처음에는 문제가 어려웠는지 아이들이 맞추지 못했지만 쉬운 문제로 재편성해서 진행했더니 즐거워하며 서로 하고 싶어했다. 나만 시켜주지 않는다고 얘기하며 우는 아이도 생겨서 난

감했다. 아이들을 엄마들이 잘 보듬어주면 좋은데, 혼자 고군분투하며 많은 아이를 케어하려니 지쳐가기 시작했다. 목은 점점 쉬어갔지만 지치지 않는 아이들은 더 놀기를 원했다. 2시간 정도 하고 쉬었다가 자려고 했던 계획은 내 착오였다.

우여곡절 끝에 게임을 정리하고, 잠자리를 청했다. 그러나 옆방에 댄스 동아리 사람들이 밤새 노래부르고 춤을 추는 바람에 잠까지 설쳤다. 리더로서 뭔가 아쉬운 점이 많았던 이 워크숍 이후에 멘탈 붕괴로 한동안 뭔가를 집중하는 데 어려움이 있었다.

모든 아이들을 안고 가려 했던 내 생각과 여자아이들만 키워서 남자아이들을 케어하는 데 어려움이 있었다는 점 그리고 즐겁자고 한 일에 내가 너무 지쳤다는 것이 워크숍 후일담이다. 가장 마음에 쓰였던 건 전체를 바라보며 진행을 하다 보니 내 아이는 챙기지 못하고 소홀했다는 점이다. 어쨌든 나도 아이를 챙기고 싶은 마음이 품앗이를 시작했고 품앗이를 끌어가고 있는데 생각과 달리 생기는 변수에 대해서 아직 미숙했던 것이 경험이었다 생각한다. 품앗이 워크숍에 참여한 엄마도 아이도 이런 경험들이 처음이었기에 한걸음 더 성숙해 지는 시간이 되지 않았을까 싶다.

진미

여름은 겨울과 또 다른 상황을 만들어 줄 것 같아.

아이들이 바깥놀이 즐기기 좋은 여름에 워크숍을 떠나보자.

답글

└ **미영**

그래, 다시 도전해보자.

 지해

난 많이 움직였다고 생각했는데, 입장의 차이가 있나 봐. ^^;;

수고 많았어.

답글

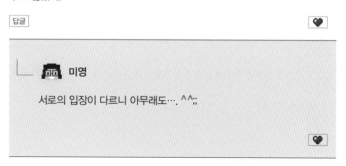

└ **미영**

서로의 입장이 다르니 아무래도…. ^^;;

바이러스가 바꿔놓은 세상

    코로나19가 발생했을 때도 이렇게 길게 갈 줄은 몰랐다. 날이 더워지면 바이러스가 잠식될 거라 했는데 길어지고 있다. 예상치도 못한 상황에 품앗이 활동 역시 흔들리고 있다.

    연초에 2020년 품앗이 계획을 잡았다. 올해는 조금 더 다양한 곳을 다녀보자고 엄마들이랑 이야기를 나눴었다. 그렇게 열린 2020년 1월 모임이 첫 워크숍이었다. 워크숍은 친목도모도 있지만, 항상 애쓰는 엄마들을 위해 아빠들도 함께하는 자리였다. 워크숍으로 눈썰매장을 다녀오고, 1박을 할 때 만해도 올해 이렇게 얼굴을 보지 못할지 몰랐다.

    2월 계획은 정월대보름 행사 참여였다. 쥐불놀이와 달집 밟기 등 정월대보름을 제대로 만끽할 수 있는 기회를 만들어 주기 위해, 체험 마을의 행사에 미리 예약을 해두었다. 몇 달 전부터. 날짜가 임박해 올수록 엄마들의 두려움이 커졌던 터라 눈물을 머금고 포기했다.

그 이후로 2020년 품앗이 모임은 하지 못했다. 센터에서도 매년 새해에 품앗이원들의 사기충전을 위해 발족식과 오리엔테이션을 진행했는데 올해는 미뤄지고 있다. 매해 진행하던 품앗이 리더 모임 역시 아직 한 번도 못했다. 모든 모임이 취소되었고, 지연되고 있다. 전염성 바이러스가 유행인 이 상황에서 오프라인 모임을 여는 건 어려운 일이었다.

센터도 품앗이 리더인 나도 모임하자는 이야기를 선뜻 할 순 없다. 생사가 오가는 질병이기에 위험성을 안고 모임을 진행하는 건 어려움이 있다. 바이러스가 줄어들고, 백신이 나오기 전까지는 모임의 진행은 어렵지 않을까 조심히 추측해본다.

오프라인 모임은 어렵지만 아이들이 품앗이를 기다리고 있으니 포스트 코로나 시대에 품앗이 대해 고민해 본다. 그 방법이 뭐가 좋을지는 멤버들과 고민해 봐야 하지 않을까.

진미

품앗이 아이들과 온라인 미션을 수행할 아이디어가 팡팡 떠오르고 있어. 씨앗을 뿌려서 식물이 자라는 과정을 서로 보여주고 공유하는 영상도 즐거울 것 같아. 그 외 두 아들이랑 재미있는 동영상을 찍어서 아이맘과 공유할 생각해 웃음이 나.

`답글`   ♥

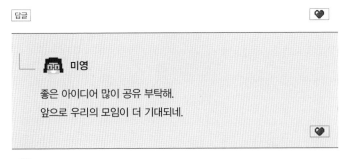

> **미영**
>
> 좋은 아이디어 많이 공유 부탁해.
> 앞으로 우리의 모임이 더 기대되네.
>
> ♥

 지해

우리 애들도 처음엔 부끄러워 몸을 배배 꼬더니, 미션 올라오면 '뭐할까?'부터 시작해서 친구들 미션이 올라왔는지 매우 궁금해해.

`답글`   ♥

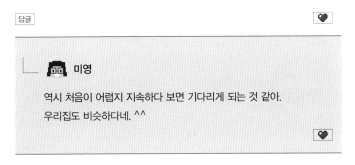

> **미영**
>
> 역시 처음이 어렵지 지속하다 보면 기다리게 되는 것 같아.
> 우리집도 비슷하다네. ^^
>
> ♥

제4장

우리만의 노하우&
TIP

▷ PLAYER 1　　　▷ PLAYER 2　　　▷ PLAYER 3

품앗이의 길을 묻다 1

진미: 언니, 잘 지내요? 딸내미는 잘 크죠? 다른 게 아니라 나 동네 엄마들이랑 품앗이하고 있는데 언니 의견이 듣고 싶어서요.

아는 엄마: 품앗이? 대단한걸! 그거 나도 하고 싶다, 얘.

진미: 대단하기는요. 우연히 마음 맞는 엄마들이랑 품앗이를 하고 있는데 중간점검도 필요하고 주변에 다른 엄마들 의견도 참고해야 할 것 같아서 전화했지요. 언니 의견이 궁금해요.

아는 엄마: 내가 생각하는 품앗이가 맞다면 엄마들끼리 재능을 나누는 거 아니니. 얼마나 좋아. 서로 공부도 가르치고 아이도 돌봐주고 말이야.

187

진미: 어머 언니, 우리는 재능 나눔도 아니고 돌봄도 아니에요. 아이들이랑 놀고 체험하는 품앗이에요.

아는 엄마: 놀기? 그건 친목이잖아. 일상을 즐겁게 하려는 친목 말이야. 친목 모임은 우리 동네도 있어. 여기 놀이터 엄마들이랑 애들이 잘 뭉치거든.

진미: 아이들이 맘껏 놀 자리를 만들어 주려는 게 저희 취지였어요. 사회성을 기르면서 말이죠.

아는 엄마: 하기사 그렇지. 품앗이 안에서 어울리다보면 문제해결능력이 생기잖아. 아이들은 부딪치고 어울려야 해. 공부만 하고 자란 아이들은 사회 나가면 인간관계에서 막막해지거든. 내가 시골 출신이라 그런가 서로 어울려 놀던 시절이 그립네.

진미: 언니네 놀이터 사람들은 어떻게 어울려 지내는데요?

아는 엄마: 하루 종일 놀이터에 살지. 같이 모여서 애들 밥 먹여주고.

진미: 어려운 일은 없어요?

아는 엄마: 왜 없어. 다른 집 애들 밥 챙겨주는 게 부담스러워. 요리에 재주가 없거든. 그것 빼곤 괜찮아. 아이들과 노는 건 쉬워. 우리 조카나 애들이랑 놀듯이 놀면 되잖아. 엄마 관계는 때로 불편해도 다른 집 아이들이랑 노는 건 재밌기만 하더라.

진미: 엄마 관계는 항상 문제지요.

아는 엄마: 아이들끼리 싸우면 내 새끼 옳다고 하는 엄마들 때문에 문제가 생겨. 설령 아이가 사과를 제대로 못 하고 천방지축으로 굴더라도 엄마가 진심으로 사과하면 문제가 없거든.

진미: 딸은 애들이랑 잘 어울려요?

아는 엄마: 아이들 사이에서 인기가 많은 편이야. 단단히 교육을 시키지. 버릇없이 굴거나 다른 아이와 실랑이를 벌이려고 하면 슬그머니 집에 데리고 와서 교육시켜. 사람들 다 보는 놀이터에서 훈계할 순 없으니까.

진미: 양보를 가르친다는 거예요?

아는 엄마: 왜 양보니. 남한테 피해 안 주되 나도 피해 보지 말아야지. 제대로 사과 받고 제대로 사과하고 나의 주장을 펼치는 걸 가르치면 되는 거야.

진미: 저는 그게 어렵더라고요. 품앗이 하다보면 싸우다가 삐지는 아이들도 많고요.

아는 엄마: 여기도 그래. 엄마들이 많이 신경 써. 삐치거나 싸우다가 집에 들어간 아이가 있으면 다음에 놀이터에서 만났을 때 신경 써서 배려해줘. 칭찬해주고 격려해주고 예쁘다고 해주지. 어떻게 된 일인지 여자아이들보다 남자아이들이 더 잘 삐치더라고.

진미: 맞아요. 우리 아들도 잘 삐쳐요. 그래서 품앗이가 더 필요했어요. 우리 동네는 놀이터도 없어서 한창 나가고 싶어하는 애들을 놀게 해줄 수도 없었고요.

아는 엄마: 애들이 안됐다 얘. 우리 동네는 주택가인데 놀이터가 있어. 참 다행이지? 동네엄마랑 아이들 다 모이는 사랑방이 놀이터야.

지해

나조차도 인간관계가 넓지 않기에 아이에게 가르치는 게 힘들어. 품앗이하며 자연스레 아이도 나도 배워가는 거 같아. 그나저나 사랑방이 놀이터라니 좋다. 우리도 시도 때도 없이 모일 수 있는 사랑방 하나 만들어볼까?

답글 🖤

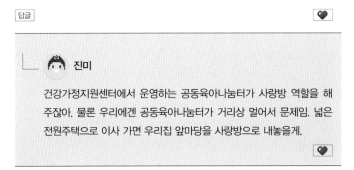

> 진미
>
> 건강가정지원센터에서 운영하는 공동육아나눔터가 사랑방 역할을 해주잖아. 물론 우리에겐 공동육아나눔터가 거리상 멀어서 문제임. 넓은 전원주택으로 이사 가면 우리집 앞마당을 사랑방으로 내놓을게.
>
> 🖤

 미영

아이도 어른도 인간관계가 참 어려운 거 같아. 품앗이를 통해서 어른도 아이도 조금씩 관계에 대해서 배우고 있는 건 아닐까. 예전처럼 놀이터가 많아서 밖에 나가면 아이들을 자주 만날 수 있는 것도 아니라서 품앗이가 그 대안인 거 같아.

답글 🖤

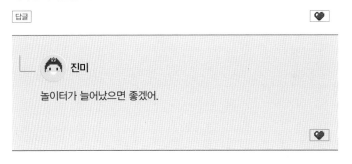

> 진미
>
> 놀이터가 늘어났으면 좋겠어.
>
> 🖤

품앗이의 길을 묻다 2

진미: 잘 지내지? 갑자기 생각났는데 말이야, 너희 집 큰 애 아직
도 품앗이하니?

아는 엄마: 그럼 언니. 1학년 때부터 쭈욱 하고 있지. 남자아이
둘이랑 여자아이 둘 해서 네 명 그대로.

진미: 우리랑 성격이 다른 교육품앗이라서 궁금한 점이 많아. 우
리 애도 좀 컸으니까 품앗이 성격을 여러모로 조정할 필요
도 있을 것 같고. 너흰 공부를 어떤 식으로 해? 같은 날 모
여서 공부하려면 각자 학원 스케줄을 포기해야하는 건가.

아는 엄마: 잘 들어봐 언니, 공부는 일주일에 한 번 해. 그리고 한
달에 두 번, 특강으로 컴퓨터를 배우고 있어. 엄마 한

명이 컴퓨터 강사거든. 지금은 코딩 배우고 있고 내
년에는 워드프로세서 자격증에 도전할 예정이야. 또
한 달에 두 번은 특강으로 성악을 배우고 있어. 한 엄
마가 음악 전공했거든. 그 엄마가 안팎으로 뛰면서
품앗이 아이들 네 명으로 어린이예술단까지 만들었
다니까.

진미: 예술단?

아는 엄마: 응. 무대에 벌써 몇 번 올랐지. 언니네 품앗이도 전체
품앗이가 모두 모여서 연말결산회하잖아. 우리도 연
말 되면 전체 품앗이가 모여서 파티 비슷한 거 하거
든. 그 때 무대에도 올라서 노래 불렀어. 말 그대로 어
린이예술단이야. 옷, 머리, 화장 다하고 올라가니까.

진미: 특강 4회 하고 공부는 언제, 어떤 식으로 하는데? 네가 가
르치니?

아는 엄마: 공부는 내가 꽉 잡고 있지. 엄마들이 매달 1회씩 모여
서 다음 달 공부 스케줄을 짜는데 내가 중심이 되어
서 문제집 고르고 과목별로 선행을 할지, 복습을 할

지, 그때그때 계획을 잡아. 문제집 풀어야 할 분량도 정해서 알려주고. 아이들은 매주 금요일마다 모여서 공부하기 때문에 따로 학원 스케줄을 포기할 필요는 없어.

진미: 거기 품앗이 엄마들은 어떻게 모인 거야?

아는 엄마: 내가 수학 강사 출신이잖아. 큰 애가 일곱 살 후반 되니까 품앗이를 시켜주고 싶은 욕심이 있더라고. 마침 놀이터에서 놀면서 마음에 맞는 엄마들이 몇 명 눈에 보여서 내가 먼저 제안을 했지.

진미: 아이들이 좀 컸다고 싸우지 않아?

아는 엄마: 절대 안 싸워. 우리가 처음부터 조심시켰거든. 조심하지 않으면 품앗이를 탈퇴해야 한다고 알려줬어. 벌써 4년 됐는데 서로 잘 지내.

진미: 성적도 잘 나오고?

아는 엄마: 아이들 모두 똑똑하게 잘 컸어. 우린 선 공부, 후 놀이

야. 아이들도 그걸 잘 알기 때문에 엉덩이 붙이고 앉아서 공부하고 공부한 후에 놀지. 1학년 때부터 그렇게 훈련시켰기 때문에 당연한 규칙이 됐어.

진미: 진짜 꾸준히 했네.

아는 엄마: 꾸준함이 우리의 무기야. 4년 동안 한 번도 품앗이를 멈추거나 쉬지 않았으니까. 엄마들끼리 마음이 잘 맞는 것도 비결이고. 언니네 아들도 같은 4학년인데 우리 품앗이 끼워줄까?

진미: 아니, 됐어. 우리 아들은 노는 품앗이만 해서 너네 품앗이에 적응 못할 것 같다. 야무지고 꾸준한 너에게 박수를 보내마. 좋은 정보 있으면 공유 좀 해주고~

지해

이래서 옆도 보고 뒤도 보고 해야 하나 봐. 조금 신선한 충격이다.
그런데 난 아이들을 인터뷰 해보고 싶네? ㅎㅎ

답글

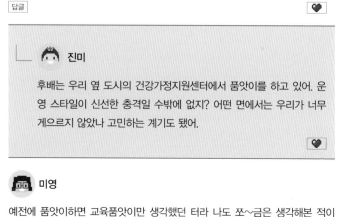

└ **진미**

후배는 우리 옆 도시의 건강가정지원센터에서 품앗이를 하고 있어. 운영 스타일이 신선한 충격일 수밖에 없지? 어떤 면에서는 우리가 너무 게으르지 않았나 고민하는 계기도 됐어.

미영

예전에 품앗이하면 교육품앗이만 생각했던 터라 나도 쪼~금은 생각해본 적이 있는데, 지금은 놀고 체험하는 우리의 품앗이가 쪼아!

답글

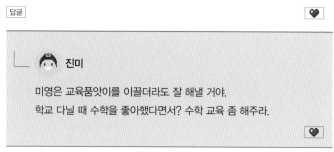

└ **진미**

미영은 교육품앗이를 이끌더라도 잘 해낼 거야.
학교 다닐 때 수학을 좋아했다면서? 수학 교육 좀 해주라.

196

예측불허 상황에도 당황하지 않기

공원에서 품앗이를 가진 적이 있다. 예측불허 상황은 공원의 호수를 건너는 다리 위에서 발생했다. 아이 손을 잡고 물고기 구경을 하던 중, 옆에 세워둔 킥보드가 혼자 굴러가 물속에 풍덩 빠져 버린 것이다. 다리에 난간이 따로 없었기 때문에 발생한 사건이다.

구입한 지 얼마 안 된 킥보드여서 포기하지 못하고 발을 동동 굴렀다. 다행히 킥보드는 물살을 따라 흘러가지 않고 빠진 위치 그대로 박혔다. 가제트처럼 팔을 뻗으면 충분히 건져 올릴 수 있는 위치였다. 하지만 7~8미터 아래 수심까지 늘어뜨릴 나뭇가지나 줄이 주변에는 보이지 않았다. 드넓은 공원을 둘러보아도 끙끙거리는 엄마들을 구경만 할 뿐 누구도 우리를 도와주려고 하지 않았다.

한참을 걸어 대형 마트에 가고 계산대에서 긴 노끈을 구하고 노끈 끝에 박스테이프를 달아 고리를 만들고…. 엄마들이 아이디어와 힘을 합쳐 킥보드를 건져 올린 사건은 지금 생각해도 판타스틱하다.

두 번째 예측불허 상황도 야외에서 벌어졌다. 신발 멀리 던지기 게임을 하며 즐겁게 놀던 열댓 명의 품앗이 아이들. 우리 집 큰아이의 신발이 건물 지붕에 올라가는 불상사가 발생했다. 근처에 보이는 막대기는 모두 동원해 보았지만 높은 지붕에 닿지 않았다.

지켜보다 속이 상해 "너 맨발로 집에 가라. 난 모른다."라고 아이에게 화를 냈다. 자동차 트렁크에 여분의 신발이라도 있었다면 덜 당황스러울 텐데 대중교통을 이용해 집을 나온 터라 걱정이 이만저만 아니었다.

마침 공원에는 야외 행사가 한창이었고 경찰도 많았다. 업무 교대 후 무전기 반납 중인 경찰 두 분을 모셔왔는데 두 분은 땀을 뻘뻘 흘린 끝에야 지붕 위에 던져진 큰아이의 신발을 내려주셨다. 아이들에게는 신발 던지기 놀이의 단점과 함께 경찰관에 대한 감사를 충분히 느끼는 계기가 됐다.

아이들을 데리고 바깥 놀이를 즐길 경우 예측불허 상황은 다양하게 발생한다. 이럴 경우 가장 먼저 할 일은 물에 빠진 공을 건져줄 것인지 아니면 공을 포기하고 아이에게 다른 놀이를 권할 것인지 판단하는 일이다. 그 외 놀이 용품의 분실 및 훼손, 아이의 부상, 목줄을 메지 않은 반려견이 아이들을 위협하는 상황 등 다양한 사건이 벌어진다. 아이의 신변이 달린 일이라면 어떤 기준과 순서로 아이를 구하고 전체 품앗이의 안전을 지킬 것인지 평상시에도 위험상황 시뮬레이션을 그려봐야 한다.

야외놀이 시 주의할 점

부모가 할 일

– 단체조끼나 단체복(미아발생 방지 및 단합 유도)준비, 구급약품 준비.

– 놀이 공간 내 위험시설물 확인. 출입구 및 비상구, 화장실 위치 확인.

– 아이들과 안전 수칙 약속하기.

아이가 다쳤다면

– 다친 아이가 놀라지 않도록 먼저 안정시킨다. 상처에서 피가 날 경우 지혈하고 피가 멎은 후 환부를 살펴 찢어진 상처가 0.5 센티 이상이라면 응급실을 방문한다.

– 아이가 놀다가 높은 곳에서 떨어진 후 구토, 경련, 발작을 일으키면 응급실을 방문한다.

– 손목, 엉덩이, 발목 등 관절을 다쳤다면 움직임을 최소화하고 냉찜질로 조치한다. 아이가 계속 움직이지 못하거나 통증을 호소할 경우 압박붕대 혹은 부목 고정 후 가까운 의료기관을 방문한다.

위급상황을 인지할 수 있는 3가지 요소

– **청각적 요인:** 충돌음, 폭발음, 사람의 비명소리, 유리 깨지는 소리 등.

– **시각적 요인:** 정전, 연기, 불, 누워있는 사람, 건물 붕괴 등.

– **후각적 요인:** 평상시 접하는 냄새보다 강한 냄새, 특이한 냄새 또는 물질 타는 냄새 등.

위급 상황 시 대처법

1. 119나 응급의료기관에 전화한다.
2. 전화 상담원에게 필수적인 정보를 준다.
3. 전화 상담원이 전화를 끊을 때까지 전화를 끊지 않는다.
4. 나머지 엄마들은 아이들을 보호하며 안정시킨다.

또래 관계 만들기는 이렇게

품앗이 활동을 가는 차 안에서 둘째에게 "오늘은 가서 뭐 하고 놀래?"라고 물어본 적이 있다. 아이는 "품앗이 싫어. 누나들 때문에 안 가."라고 시무룩하게 대답했다. "어머나, 우리 로희는 항상 잘 놀고 씩씩하잖아. 누나들한테 인기도 많고. 왜 누나들이 싫어졌어?"라고 물었더니 누나들이 지난번에 자기를 놀리면서 변태라고 했기 때문이란다.

일명 '변태'로 몰린 그 날의 사건이란, 날씨가 더운 탓에 여섯 살 둘째가 윗도리를 벗어올리는 자세를 취했는데 같이 놀던 서너 살 많은 여자아이들이 단체로 꺅~ 소리를 지르며 우리 둘째 아이를 공황 상태에 빠뜨린 것이다. 졸지에 변태 취급을 당한 아이는 당황하고 창피해서 어쩔 줄 몰라 했고 나도 얼떨결에 벌어진 일을 제대로 수습하지 못하고 상황을 종결했다.

또래아이들이 모여 놀다보면 의도치 않게 서로에게 상처를 주고 상처를 받는다. 상처를 제대로 어루만지지 않으면 오해가 깊어지고 심지어 절교에 이르기도 한다. '변태'사건은 어찌어찌해서 넘어갔지만 둘째는 아직도 그 날 받은 상처를 잊지 않고 지낸다. 누나들과 친하게 지내고 싶은 마음은 굴뚝같은데 집에 누나가 없는 남자아이, 남동생이 재미있고 신기하지만 집에 남동생이 없는 누나들, 두 그룹은 서로에게 다가가는 법을 배워야 한다.

해당 엄마들에게 둘째의 속상함을 전달했고 엄마들은 각자 딸들에게 여섯 살 남동생이 상처받았다고 전했다. 누나들의 대답은 다시 나에게 돌아왔다.

"로희야, 누나네 엄마들한테 로희 이야기해줬어. 로희가 변태로 몰려서 속상했다고 말이야. 누나들 대답을 들어보니까 일부러 그런 거 아니래. 누나들 앞에서는 옷 벗기 하지 않으면 되는 거야. 여자들 앞에서는 그런 매너가 필요하거든. 앞으로 옷 벗을 일이 있으면 엄마가 가려주고 도와줄게. 누나들이 로희를 얼마나 좋아하는데…."

아이의 마음은 조금 가라앉는 것 같았지만 상처가 완전히 사라지지는 않았다.

아이들이 골고루 친해지는 일은 시간이 필요하다. 아이맘이 품은 아이들은 총 열 한 명이다. 한 달에 자주 만나야 두 번이다. 열한 명의 아이가 서로를 향해 우정의 화살을 골고루 쏘려면 최소 몇 년의 시간이 필요할 수도 있다. 그리고 그 과정에서 필요한 매너, 마음가짐은 엄마들이 틈틈이 인지시키고 설명해줘야 한다.

나는 어떤 친구가 가장 좋은가? 처음 보는 친구와 친해지고 싶을 때 어떻게 하면 좋을까? 여러 명의 친구들이 먼저 놀고 있는데 나도 같이 끼고 싶을 땐 어떻게 하면 좋을까? 라고 이야기를 나눠보자.

처음 보는 친구와 친해지고 싶을 때는 공통점을 찾아 대화하는 방법을 추천한다. "나도 신비아파트 좋아해. 너도 신비아파트 좋아하는구나?", "우리 형도 닌텐도 게임 잘해. 너희 형도 닌텐도 게임하는구나."같은 공통점 대화를 시도하는 것이다.

'어떤 친구가 가장 좋은가'라는 질문은 품앗이 아이들과 토론하기 좋은 주제다. 나와 잘 맞는 친구, 나를 도와주는 친구, 나에게 양보해주는 친구, 내 말을 잘 들어주는 친구, 따뜻하게 말해주는 친구 등의 대답을 들으며 나를 돌아보는 시간을 가질 수 있다. 나는 다른 아이들에게 좋은 친구인지 입장 바꿔 생각해보는 것이다.

품앗이를 운영하는 엄마들에게도 관계의 문제는 중요하다. 나와 잘 맞는 엄마, 나를 도와주는 엄마, 나에게 양보해주는 엄마, 내 말을 잘 들어주는 엄마, 따뜻하게 말해주는 엄마는 어느 품앗이에서나 환대 받는다. 환대 받을 엄마를 찾고 있다면 내가 먼저 환대 받을 만한 엄마가 되도록 노력해야 한다.

또래친구 만들기

자녀에게 또래집단 찾아주기

– 자녀 친구를 집으로 초대하고 간식 만들어주기.

– 자녀에게 종교 활동 추천하기.

– 자녀가 좋아하는 운동, 취미동아리 가입하기.

– 가족의 주거 지역을 의도적으로 선택하기.

– 게임이나 tv프로그램 등 또래 관심사에 대한 지식 갖도록 도와주기.

또래집단의 내부 살펴보기

– 자녀가 집단에서 항상 아웃사이더인지 살피기.

– 친구들에게 연락오는 일이 중단됐는지 살피기.

– 평소 참여하던 놀이나 행사에 불참하게 됐는지 살피기.

– 자녀가 소외되는 이유를 파악하고 '관계맺기' 도와주기.

– 엄마가 지인과 관계맺는 모습을 자연스럽게 노출하기.

여성가족부 〈부모교육 매뉴얼 7권〉 참고.

육아 품앗이에도 규칙을 세우자

만나는 횟수가 늘어가며 엄마들만의 규칙이 자연스레 자리 잡았다. 도시락은 이야기를 나눠 각자 겹치지 않는 것으로 준비하고, 공동으로 사용하는 비용은 주로 총무가 결제 후 각자의 금액을 총무에게 입금한다. 아이들에게 자유롭게 뛰어노는 시간을 선물해주고 싶은 만큼, 전자기기의 사용은 최대한 줄인다. 모임 중 휴대폰 게임 등은 NO!! 그리고 환경을 생각해 일회용품 사용은 최소화한다. 도시락은 일회용품이 아닌 다회용 도시락통에 담고 컵과 수저도 각자 준비하고 있다.

요즘은, 조금씩 느슨해지는 마음을 다잡기 위해 어른들에게도 정해진 규칙이 필요하지 않을까 생각한다.

가까운 공원에서 축제가 있던 날, 북적이는 장소 때문인지 아이들은 얼굴을 마주하는 순간부터 조금씩 삐걱거리기 시작했다. 새로운 친구들이 오며 남·여의 비율이 비슷해지니 남자는 남자끼리, 여자는 여자끼리 놀았다. 그리고 함께 놀 때면 누군가는 화를 내거나, 삐지거나, 울음을 터뜨렸다. 그 날은 많은 체험을 하고도 아이들은 지칠 줄 몰랐다. 함께 노는 것도 쉬운 일이 아니다. 서로가 조금은 지쳐 쉬고 있는 사이, 일이 벌어졌다. 한 친구가 주먹을 불끈 쥐고 나의 아이를 때리려고 하는 것이었다. 뭐가 그리 화가 나는 것일까. 딸아이의 얘기를 들어보니 자꾸 놀려대는 아이가 미워 참고 참다가 바닥에 있는 돌멩이를 던졌다고 한다.

'아이고, 세상에나.'

작은 모래같은 돌멩이라 다칠 거라는 생각을 못했단다. 아무리 화가 나도 몸을 해치는 일은 있어서는 안 되는 일!! 흥분한 아이는 속상하고 화나는 마음이 진정되질 않고, 나의 아이는 자신이 생각했던 것보다 일이 커져 당황하고 어쩔 줄 몰라 했다. 아이들의 마음을 먼저 알아주고 안아주며 속상한 마음을 풀어주고 싶었지만, 처음 있는 일이라 부모인 나도 그 상황을 차분하게 대처하지 못했다.

크게 다치지 않아 다행이었지만, 이런 일들은 언제든 다시 일어날 수 있다. 서로 원하는 것을 또는 원하지 않는 것을 자기만의 방식으로 표현하던 아이들. 그 날의 사건으로 그간 걱정만 하고 내려놓고 있던 것들에 대해 이야기 나누었다. 그렇게 아이들이 지켜야 할 아이맘의 규칙이 생겼다.

최대한 즐겁고 자유로운 것을 추구하는 품앗이 모임이지만, 함께 생활을 하며 서로 지켜야 할 기본적인 규칙은 있는 게 나을 거라는 의견이었다. 매 모임마다, 모두의 의견을 모아 만든 규칙을 선창하고 시작하기로 했다.

무엇이든 알고 행동하는 것과 그렇지 않은 것은 다르다. 아이들은 씩씩한 목소리로 아이맘의 규칙을 외친다. 그리고 규칙 때문인 건지, 아이들이 자란 건지 아니면 서로에게 조금 적응을 한 건지, 아이들이 부딪히는 일이 줄었다. 밥 먹을 때 그리도 돌아다니던 아이들이 모두 같은 시간에 한자리에 모여 밥을 먹는다.

아이들 모임을 꾸준히 하고 있다면, 함께 모여 직접 규칙을 만들어보자.

🏠 품앗이 내 규칙 만들기

팀원 모두가 한자리에 모여 필요한 규칙에 대해 자유롭게 이야기를 나눈다. 연령대가 낮은 아이들은 주로 불만을 이야기한다. 적정선을 지키며 부모와 아이 모두가 만족할만한 규칙을 만들어간다. 규칙의 가지 수가 많다면 기억하기도, 지켜나가기도 쉽지 않다. 아이의 자율성을 지켜줄 수 있는 최소의 규칙을 만들자.

아이맘의 규칙

1. 손 씻고 정해진 시간에 밥 먹기
2. 친구가 싫어하는 말과 행동하지 않기
3. 안전하게 사이좋게 놀기

공공장소에서는 에티켓을 지켜주세요

뛰어노는 걸 좋아하는 아이들을 위해 야외활동을 계획했던 날이다. 새벽부터 비가 쏟아지기 시작하더니 그칠 기미가 보이질 않고, 빗방울은 점점 굵어져 갔다.

'이를 어째.'
'이번 모임은 취소하고, 다음으로 미뤄야 하나.'

이런저런 걱정이 쌓여갈 때쯤, 아이맘 단톡방이 시끌벅적해지기 시작했다.

> 비 오네. 어떡해요?

> 그러게, 그칠 비 같지는 않은데요?

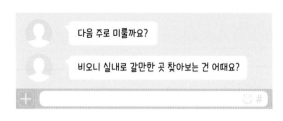

다음 주로 미룰까요?

비오니 실내로 갈만한 곳 찾아보는 건 어때요?

5분이 지났을까. 단톡방은 박물관, 미술관, 실내놀이터, 체험관 등등 새로운 목적지로 채워지기 시작했다. 어찌 이리 빠를까. 그 날은 새로운 멤버가 오기로 한 날이라 교통이 편리하고 가까운 '하남역사박물관'으로 정했다. 근처에 사는 멤버가 있어 점심이나 저녁을 먹을 곳도 찾기 쉬운 장소였다. 갑작스러운 날씨를 대비해 실외뿐 아니라 실내 가볼 만한 곳도 미리 체크 해 두면 좋겠다는 생각을 했다.

하남은 선사시대부터 근현대까지 오랜 역사와 많은 유적, 유물들이 존재하는 도시이다. 하남역사박물관은 수집, 연구, 보존되고 있는 하남의 문화유산을, 전시나 교육을 통해 접할 수 있다. 10인 이상은 단체관람으로 미리 홈페이지나 전화로 예약을 해야 한다.

당일 아이들 수만 10명이었다. 기존 단체예약이 없어 안내데스크에 문의해 문화해설사님의 전시설명을 들을 수 있었다. 엄마들의 속마음은 '갑작스레 온 곳인데 이런 좋은 프로그램도 있네. 우리 아이들 전시설명 들으며 뭔가 배우고 깨닫는 시간이 되면 좋겠다.'였을 것이다. 하지만 전시설명을 얌전히 들으며 고개를 끄덕이는 아이들의 모습은 엄마의 상상 속에서만 존재했다.

4~5세 어린 동생들이 무리에서 벗어나 자유롭게 움직이기 시작했고, 심지어는 뛰어다니는 아이들도 있었다. 한 둘이 어수선하니 또 다른 아이에게도 영향이 갔다. 떠들썩한 분위기에서도 아이들을 위해 애쓰시는 해설사님께 미안한 마음이 들었다. 그중 설명을 끝까지 듣고 질문에 답을 하는 아이들도 있었다. 하지만 우리가 생각했던 전시설명의 풍경과는 거리가 있는 시간이었다. 어떤 곳이든 아이들의 나이대를 고려해야 함을 느낀 하루다. 입장 전 아이들과 충분히 지켜야 할 사항을 나누는 일 또한 잊지 말아야 함을 깨달았다.

관람을 마친 후, 점심을 먹기 위해 밖으로 나왔다. 다행히 건물 옆쪽으로 비를 피할 수 있는 공간이 있어 돗자리를 폈다. 각자 준비해온 음식은 아이들 입으로, 엄마들 입으로 들어가기 정신없다. 깔끔하게 갖춰진 공간이 아니어도 괜찮다. 비가 와도 괜찮다. 이것 또한 함께 한 시간 속에 차곡차곡 쌓일 추억들이다.

에티켓 익히기

공공장소 이용 시 지켜야 할 에티켓은, 아이들에게 미리 숙지시키자. 아이들은 배워나가는 과정에 있다. 상황에 닥쳐 당황해하거나 혼을 내기보다는 지켜야 할 것들은 미리 가르치고 아이들 스스로 지켜나갈 수 있도록 하자.

지하철이나 버스 이용 시

- 줄 서서 차례로 타기.
- 시끄럽게 하거나 뛰어다니지 않기.
- 냄새나는 음식을 먹거나 쓰레기를 버리지 않기.

박물관, 미술관 등 이용 시

- 전시물에 손을 대거나 손상을 입히지 않도록 조심하기.
- 사진은 허용된 곳에서만 촬영하기.
- 시끄럽게 하거나 뛰어다니지 않기.
- 휴대전화는 끄거나 진동으로 전환하기.

코로나19와 같은 전염병 유행 시

– 답답하더라도 마스크 꼭 착용하기.

– 기침과 재채기는 휴지나 옷소매 위쪽으로 입을 가리고 하기 .

– 손 자주 씻기.

– 음식은 개인 접시에 덜어 먹기.

사전조사가 필수인 이유

많은 인원이 함께 무언가를 하려면 의논할 것들이 많다. '언제', '어디서'를 시작으로 6하 원칙에서 벗어날 항목이 없다. 한 사람 한 사람 의견을 구해도 당일에서야 '아차' 하는 것들이 생긴다.

우리는 어디를 가나 한 끼 정도는 먹을 것을 싸 들고 간다. 많은 인원이 이동하다 보니 예약을 하지 않으면 식당도 자리가 없을 때가 많고, 메뉴를 정하는 것도 쉽지 않은 일이기 때문이다. 물론 비용도 적게 든다.

한글날을 맞이하여 세종대왕릉에 방문했을 때이다. 몇 해 아이들과 방문하며 많은 체험과 넓은 야외 공간이 마음에 들어 추천한 장소이다. 하지만 방문한 날, 세종대왕릉은 대대적인 공사를 하고 있어 효종왕릉만 이용할 수 있었다. 바리바리 싸 들고 간 도시락도 입구에서 막는 바람에 발을 동동 구르다가, '근처 여주 신륵사로 갈까? 아니야 차가 밀리니 그냥 아쉽더라도 여기서 보내자'로 의견을 모으고 길에 서서 샌드위치를 먹었다. 가방에 들어갈 만한 음식들만 넣어 몰래 가지고 들어갔다.

물론 주어진 환경 안에서 아이들은 재미있게 뛰어놀았지만, 한글날엔 항상 큰 행사를 하기에 아이들과 많은 체험을 즐기고 오리라 기대했던 엄마들은 조금의 아쉬움을 가지고 돌아와야 했다. 미리 홈페이지를 방문하여 확인했다면 당황할 일은 없었을 텐데, 길에 서서 꾸역꾸역 샌드위치를 먹을 일은 없었을 텐데….

여름에 물놀이장을 방문했을 때는 개장시간부터 폐장시간까지 실컷 놀고도 해가 지지 않은 시간대라 헤어짐이 아쉬웠었다. 근처 갈만한 데를 알고 미리 계획했다면 좋았을 텐데 하는 아쉬움이 남았다.

품앗이 초반의 일이다. 세 가족이 아이들과 근처 미술관에 방문하기로 했다. 해당 미술관은 실내뿐 아니라 실외에도 아이들이 조형물 등의 작품을 감상하며 자유롭게 뛰어놀 수 있는 공간이 자리하고 있어, 도시락까지 준비한 참이었다.

"네네, 그럼 모두 10시에 미술관 앞에서 만나요."

라는 약속은, 미술관 앞에 도착하는 순간 무너지고 말았다. 입구에 붙어있는 '휴관일'이라는 글자와 함께 우리의 계획은 바람처럼 날아갔다. 들어가 보지도 못하고, 입구에서 계획을 수정하고 차를 돌려 나와야 했다. 왜 생각을 못 했을까.

장소 섭외는 주로 미영, 진미, 내가 한다.

"우리 다음엔 여기 가보는 거 어때?"

그리고 주로 준비사항은 리더가 체크 해 알려주는 편이다. 품앗이를 준비 중이라면 역할분담에 '사전조사팀'도 넣는다면 좋겠다. 할 일을 나누어야 불만이 없다. 무언가 역할이 주어지면 책임감도 생기고, 소속감도 커진다. 누군가 '알고 있겠지' 또는 '알아보겠지' 하는 마음에 서로 미루다 보면 놓치는 부분이 많다. 모임 당일에 당황스러운 일을 맞닥뜨리고 싶지 않다면 사전에 체크해야 할 것들을 미리 체크 해두자. 꼼꼼히!!

미술관, 박물관 등 방문 체크리스트

유비무환이라고 하지 않았던가. 사전에 준비를 철저히 해야 문 앞에서 다시 되돌아올 일도, 기대했던 것을 하지 못해 아쉬울 일도 없다. 아래 사항 외에도 각 품앗이별, 장소별로 미리 체크해야 할 것들을 미리 생각해두면 유용하다.

필수 체크 사항

– 운영시간 및 휴관일은?

– 입장료(할인적용대상 등)는 얼마인가?

– 방문 전 사전예약이 필요한가?

– 무료 또는 유료로 이용할 수 있는 프로그램이 있는가? 예약이 필요한가?

– 품앗이 내 모든 아이들이 이용 가능 연령에 속하는가?

– 식당이나 매점이 있는가? 또는 도시락 지참 시 먹을 장소가 있는가?

– 재입장이 가능한가?

그 외

– 모든 인원을 수용할 수 있는가?

– 대중교통으로 이용이 가능한가?

– 주차시설이 갖추어져 있는가? 주차비는 얼마인가?

  (근처 주차 가능한 공간이 있는지까지 알아보아야 한다.)

– 목적지 근처 식당이나 아이들과 가볼 만한 다른 장소가 있는가?

– 소요 시간은 얼마나 걸릴까?

– 대략 한 가족 당 어느 정도의 비용이 발생할까?

안전이 제일 중요한 물놀이

여름하면 빠질 수 없는 것이 물놀이이다. 덥지만 여름방학이 기다려지는 것도, 여름이 기다려지는 것도 바로 물놀이 때문이 아닐까 싶다. 물놀이를 친구들과 함께하면 더 신날 것이라는 건 말하지 않아도 알만한 사실이다. 그런 물놀이를 기획하기 위해 고군분투했던 지난 여름날. 처음의 물놀이는 정말 미약했다. 물놀이장을 찾아서 함께 가서 놀다오는 게 전부였는데 품앗이를 함께 하는 시간이 길어지다 보니 물놀이를 하는 것도 진화되었다. 단순히 물놀이를 할 수 있는 곳을 찾는 것뿐 아니라 맛있는 음식과 함께 할 수 있는 곳을 찾게 되었다.

아이맘 품앗이의 여름방학 물놀이는 풍성했다. 남한산성 아래 계곡에서 맛있는 백숙을 먹고 물놀이를 할 수 있는 가든 방문을 시작으로 신나게 미끄럼틀을 타고 튜브놀이를 할 수 있는 수영장까지 신나는 여름 물놀이를 즐겼다. 첫해에는 물놀이를 가볍게 시작했는데, 다음 해부터는 다양성있는 물놀이를 추구하게 된 것이다.

남한산성 계곡에 있던 가든은 더운 여름 몸보신과 물놀이를 함께할 수 있는 곳이었다. 아이들을 위한 보글보글 백숙과 어른들을 위한 따끈따끈 닭볶음탕이 함께여서 더 행복한 한 끼를 즐길 수 있었는데, 밥을 먹고 물놀이를 함께할 수 있으니 금상첨화였다. 물은 깊지 않고, 아이들이 딱 놀기 좋은 정도였고, 다슬기를 잡을 수 있는 깨끗한 곳이었기에 아이들의 재미는 두 배가 되었다.

물장구도 치고, 다슬기도 잡으면서 아이들이 신나게 물놀이를 하고 아이들이 노는 것을 바라보면서 맛있는 음식도 먹고 아이들을 돌볼 수 있어서 엄마들도 힐링하는 시간이 되었다. 이런저런 이야기를 도란도란 나누다가 구슬땀이 흘러 더우면 물에 잠시 들어갈 수 있기에 이래저래 좋았던 곳이기도 하다.

또 다른 물놀이장은 바로 양평에 있는 수영장인데, 집에서 조금 멀리 나가서 물놀이를 한다는 사실에 신나기도 했고, 외부음식이 반입되는 수영장이라 엄마들이 더 환호했던 곳이기도 하다. 물놀이를 가면 수영장의 음식들의 가격에 놀라고, 맛에 한 번 더 놀라게 되는데, 엄마표 음식들을 싸갈 수 있어서 경제적이기도 하고, 다양하게 준비해갈 수 있어서 더 좋았던 기억이 난다. 수영장이 크지 않아서 어느 위치에 자리를 잡아도 아이들이 노는 것을 바라볼 수 있고, 유수풀과 유아풀 그리고 미끄럼틀까지 함께하고 있어 모두를 만족시킬 수 있는 곳이었기에 재방문 의사가 있는 곳이기도 하다.

아이들만 즐긴 것이 아니라 엄마들도 미끄럼틀을 타면서 즐길 수 있었다. 아이들도 이렇게 함께하는 엄마를 보며 더 즐거워했다. 여러 명의 엄마가 있으니 때론 아이를 그늘에서 돌보기도 하고, 때론 유수풀에서 놀아주기도 하면서 엄마 아닌 이모들과 함께하는 시간이 아이들에게 더 의미가 있었을 것이라 생각한다.

밥도 간식도 충분히 먹으면서 수영장 입장료만 지불하면 하루 종일 신나게 놀 수 있었던 그곳. 자리를 잡기 위해 아침 일찍 출발해서, 대기 줄이 없다고 주변에 기웃기웃하다가 대기 1번을 놓쳐서 아쉬워했던 기억도, 모두의 손을 모아 별을 만들며 놀고, 둥글게 서서 노래를 부르며 주변 사람들의 부러움을 사며 놀았던 기억도, 수영장이 문을 닫는 순간까지 놀다가 마지막에 나와서 수영장 앞마당에서 뛰어놀며 남은 간식을 먹었던 기억도 아이맘의 물놀이 추억으로 꼭꼭 담겨있다.

안전한 물놀이 노하우

물놀이 시 이것만은 꼭 지키자

– 음식을 섭취 후에는 꼭 쉬었다 들어갈 것.

– 정해진 시간만큼 놀고 휴식한 뒤에 물놀이할 것.

– 물놀이 전 엄마들과 함께 가벼운 운동으로 몸을 풀어줄 것.

– 아이들끼리 잘 논다고 방치하지 말고, 한 두명의 엄마들은 아이들의 놀이
를 주시할 것.

물놀이가 가능한 음식점 방문 시 체크리스트

– 수영복과 튜브를 챙기면 좋다. 튜브는 직접 불어야 하니 유의할 것.

– 수건과 갈아입을 옷을 챙기자.

– 물속 생물을 채집할 계획이라면 채집통을 준비하면 좋다.

수영장 방문 시 체크리스트

– 운영시간을 확인할 것.

– 음식물 반입 여부를 확인해서 준비할 것.

– 그늘막이나 텐트가 가능한지 확인하고, 그늘막이 있다면 일찍 가서 자리

를 잡는 편이 좋다.

– 퇴장 시간이 짧다면 이후 스케줄을 잡아놓는 것도 팁(아이들이 이 시간에
  퇴장하면 아쉬워한다.).

공원 물놀이장 방문 시 체크리스트

– 그늘 여부를 확인할 것.

– 주위 음식점이나 편의시설을 확인할 것.

– 운영시간을 확인할 것.

계획대로 되지 않아도 괜찮다

어딘가로 출발할 때 엄마는 무엇을 할 것인가 생각을 하고 준비를 해서 출발한다. 한 가족이 움직이는 것이 아니라 여러 가족이 한꺼번에 움직이는 품앗이 활동이라 더더욱 활동에 대해 고민하고 생각하며 떠나게 되는데 품앗이 활동을 시작한 지 얼마 되지 않은 어느 날 용인의 곤충박물관으로 나들이를 준비했다. 무작정 둘러보는 나들이가 아니고 박물관 프로그램에 일부 의지해서 진행하는 것이었기에 기대 반 걱정 반으로 출발한 날이었다.

날씨가 너무나 화창해서 기분 좋게 출발했으나 조금 구석진 곳에 위치한 박물관이었기에 운전과 주차가 걱정되었는데 무사히 잘 도착. 여러 팀이 함께하는 것이 아니라 우리 품앗이 팀만 진행해서 더 집중할 수 있고 더 즐거운 시간을 보낼 수 있었다. 원하는 곤충의 그림을 샌드아트로 완성하는 시간도 있었고, 누

227

에고치가 직접 실을 짜는 것을 보는 시간도 있었고, 굼벵이가 기어 다니는 것을 보기도 하고 장수풍뎅이 애벌레를 직접 만져보기도 했다.

그리고 하이라이트는 바로 닭장에서 달걀 훔치기. 박물관장님이 닭의 시선을 돌리는 동안 달걀을 훔치는 것인데, 처음에 닭이 무서웠던 아이들도 품앗이 친구들이 함께하니 서서히 마음을 열고 닭장 안으로 들어가기 시작했다. 닭이 뻔히 보는 앞에서 달걀 훔치기는 아이들뿐 아니라 어른들에게도 쫄깃한 경험치가 되었다.

닭장도 구경하고 닭의 특징도 듣는 사이에 닭에 대해서 조금 더 알 수 있었고 아이들에게도 기억에 남을 시간이었다. 그 외에도 곤충에 관한 영상보기나 야외에 있는 동물 친구들을 만나는 시간도 무척이나 유익했지만 나들이가 끝나고 가장 기억에 남는 걸 물어보니 통나무집에서 함께한 시간이라고 했다.

박물관 외부에는 많지는 않지만 동물들이 사육되고 있었고 나무 위에 지은 통나무집이 있었다. 그 외에도 나무 그네며 캠핑장에 온 듯한 아웃도어 의자와 테이블이 있었는데 그곳에서 뛰어노는 게 가장 기억에 남는다고 했으니 말 다 했다. 엄마들은 곤충에 대해 하나라도 더 기억하고 더 알아갔으면 했겠지만 아이들의 생각은 전혀 달랐던 터. 이때부터 나들이에서 뭔가 큰 것을 기대하고 아이들에게 주입식으로 넣으려 하지 않고 자연스럽게 느끼고 체험할 수 있도록 자유방임식으로 품앗이를 진행한 게 아닌가 싶다.

테마파크 관람 시 유의사항

- 그냥 둘러봐도 좋지만, 처음 방문한다면 패키지 상품 등을 이용해 다양하게 접하는 편이 좋다.
- 내부에 요기를 할 수 있는 곳이 있는지 확인해서 음식을 준비한다.
- 물과 음료수는 넉넉하게 챙겨가는 편이 좋다.

더욱 풍성한 품앗이 누리기

우리가 소속된 건강가정지원센터에는 품앗이 모임이 7개가 있다. 꽤 오래전부터 시작된 품앗이 모임이라 오래된 모임도 있고, 최근에 결성된 모임도 있다. 이러한 각각의 품앗이 모임에는 품앗이를 이끌어가는 리더들이 있다. 그 리더들이 일 년에 몇 번 모여서 회의를 한다. 보통 상반기 1회, 하반기 1회해서 연 3~4회 정도는 모임을 갖는다. 모일 때마다 품앗이의 진행방향이나 상 · 하반기 결산 등 품앗이의 일들에 대해 이야기를 나눈다.

품앗이가 센터의 도움을 받는 경우도 있지만, 품앗이 리더 모임을 통해서 다양한 정보를 얻기도 한다. 옆에 빠지는 부분이 없어서 아이들과 가기 좋은 볼링장, 산책하기 좋은 코스, 경험치를 늘려줄 수 있는 곳 등의 아이들과 놀기에 좋은 장소, 체험하기 좋은 프로그램 등에 관한 정보도 이 모임에서 들었다.

리더 모임에서는 보통 매해 품앗이 진행에 관련된 정보를 나누는 경우가 많다. 보통은 센터에서 진행하는 프로그램을 품앗이 멤버들이 참여하는 경우가 대부분이었다. 품앗이마다 아이들의 연령도 다르고 성향도 다르기에 센터에서 제안하는 프로그램이 모든 사람을 만족시키기는 어렵다. 그래서 준비한 것이 각각의 품앗이가 제안하는 프로그램이다. 제안한 품앗이는 원하는 날짜, 원하는 프로그램을 정할 수 있었다.

그 덕분에 아이들을 위한 더 많은 프로그램을 센터에서 만날 수 있었다. 가죽공예, 요리 등등 다양한 프로그램이 기획된 것도 리더 모임에서 나눈 이야기 덕분이다. 일 년에 한 번씩 하는 품앗이 운동회 역시 리더 모임에서 정해지는 경우가 대부분이다. 장소나 날짜, 프로그램에 대한 의견까지 거침없는 회의에서 나온 결과다.

프로그램이 정해지면 리더들이 바빠지는 시간이다. 센터에서 일정을 알려주면 리더들이 품앗이 원들의 일정을 체크해서 참여자를 선정해야 한다. 제안 프로그램 같은 경우 품앗이 원들과의 소통의 결과라 할 수 있는데, 이 역시 날짜와 원하는 프로그램을 정해야 하니 리더들은 바쁘다. 센터에서 그런 노고를 생각해서 리더 힐링 모임을 하고 있다. 리더들끼리 모여서 품앗이 어려움도 토로하고 힐링 프로그램(꽃꽂이, 자수 놓기, 펠트)을 통해 어려움을 해소하고 있다.

품앗이 리더를 위한 노하우

- 센터에 소속되어 있을 경우 품앗이 리더는 챙길 것이 많다 보니 조금 바쁠 수 있다. 특히 센터와 품앗이 멤버들 사이에서 오작교 역할을 하는 경우에 그렇다.
- 리더의 역할이 어렵다면 멤버들과 상의 후 돌아가며 리더를 맡는 방법도 있다. 하지만 센터와 멤버들 간의 오작교 역할을 하는 리더는 잦은 교체보다는 지속적으로 하는 편이 나을 수도 있긴 하다.
- 다른 리더들과의 교류를 통해서 다양한 공동육아 정보를 얻어보자.

제5장

앞으로
우리는

▷ PLAYER1 　　▶ PLAYER2 　　▷ PLAYER3

숲에서 놀아볼까?

연세대학교 아동학과 김명순 교수는 EBS 다큐프로그램 인터뷰를 통해 "예전에는 바깥 놀이에 그렇게 신경을 많이 쓰지 않아도 아이들이 늘 밖에서 놀았기 때문에 균형이 잘 맞았어요. 그런데 이제 도시화가 많이 된 곳에서는 아이들이 밖에 나가서 노는 것에 대해 굉장히 제한이 많습니다."라고 말했다.

도시화가 진행되면서 빈 터가 사라졌고 아이들은 바깥놀이 공간을 잃었다. 부모와 함께 대형마트, 쇼핑몰, 키즈카페에 외출하는 경우를 빼면 다수의 아이들이 집에서 시간을 보낸다. 부모와 방문한 대형마트, 쇼핑몰, 키즈카페 역시 실내 공간이기 때문에 아이들은 제대로 된 바깥놀이를 즐긴다고 말할 수 없다.

우리 집 근처에 '귀한' 바깥 놀이터가 있다. 이사하면서 제일 마음에 들었던 부분이 가까운 곳에 위치한 놀이터다. 그런데 두 단지짜리 아파트에 설치된 놀이터는 아파트 아이들만의 공간이다. 근처 주택에서 온 아이들이 발을 들여 놓으면 놀이에 끼워주지 않고 배척한다.

아파트 놀이터에서 쫓겨난 두 아들은 털레털레 집으로 돌아와 tv시청과 게임을 하며 시간을 보낸다. 배드민턴을 집에서 치고 인라인스케이트를 거실 매트 위에서 타는 등 진풍경이 벌어진다. 놀이 공간의 부재, 친구의 부재, 게임의 등장. 세 가지 이슈가 톱니바퀴처럼 맞물려 돌아가고 있다.

집 앞산에 관심을 갖기 시작한 것도 그 때부터다. 여름날 아침은 뻐꾸기 울음소리에 잠을 깨고 겨울 아침은 까치 우는 소리에 늦잠을 포기해야 하는 집. 매일 아침 노인들이 물통 들고 내려오는 모습을 통해 약수터가 있음을 짐작했다. 그러나 도시화에 적응된 우리 가족에게 새로 이사 온 집 창문 밖의 산은 하나의 배경일 뿐 직접 가서 약수를 떠오거나 등산을 즐길 마음의 여유는 없었다.

때마침 둘째 아이가 유치원 숲 체험을 하면서 네 식구는 산으로 눈을 돌렸고 두 아이를 앞서거니 뒤서거니 세우며 탐방에 나

섰다. 집 앞 도로를 건너면 카페가 있고 카페 주차장을 지나면 바로 산길이 시작된다. 산길이 시작된 지점에서 200미터가량을 오르면 용한 점집이 있고 점집을 지나 300여 미터를 지나면 약수터가 나온다. 약수터에서 다시 20미터를 지나면 그네를 묶어놓은 키 큰 나무가 으슥한 그늘을 만들어내며 본격적인 등산로로 안내한다.

집 앞 약수터에서 시작해 초등학교 정문으로 내려오는 등산코스는 약 30분이 소요된다. 마음만 먹으면 동네 마실가듯 산을 오를 수 있다. 그런데 말처럼 쉽지 않다. 등산하는 사람이 많지 않고 등산로가 어두컴컴하기 때문에 남편이 동행하는 주말이 아니면 산에 오르기 꺼려진다. 약수터에 가서 물 한통 떠오는 일은 버겁지 않지만 집에 설치한 정수기를 두고 굳이 물을 떠 나를 필요가 없다. 목적이 등산도 아니고 약숫물도 아니라면 아이와 엄마는 숲에서 무엇을 할 수 있을까. 바로 '놀이'다.

우리 집 아이 두 명만 데리고 숲에서 노는 건 심심하다. 품앗이 모임 장소로 우리 집 앞 작은 숲을 추천한다. 과거에는 문밖을 나서면 개천, 공터, 숲, 흙이었으니 말이다. 품앗이 아이들을 숲에 풀어놓으면 어떤 광경이 펼쳐질까.

과거로 돌아간 아이들은 등산로 입구 나무에 묶어 놓은 그네를 제일 먼저 탈 것이고 다음은 철봉에 매달리기 놀이를 할 것이다. 다음은 어른 옆구리 높이의 바위를 오르락내리락 할 것이다. 다음은 무슨 놀이를 할까? 잡기 놀이를 하거나 방탈출 놀이를 하면 된다. 바닥에 네모 칸을 그려 사방치기 놀이를 할 수 있고 돌을 구해 비석치기 놀이를 할 수 있다. 자연으로 눈을 돌려 지천에 깔린 나뭇잎 밟기, 도토리 줍기, 잔가지를 들고 전쟁놀이를 해도 된다. 만약 준비성이 좋아 삽과 그릇을 가져간 아이가 있다면 나머지 아이들도 땅을 파겠다고 달려들 것이다.

　목이 마르면 약수터 물을 마시면 되고 화장실이 급할 경우 스스로 해결하거나 참아야 한다. 와이파이가 터지지 않기 때문에 게임기를 꺼내는 아이도 없을 것이다. 모기에 뜯기는 건 기본 옵션이다. 숲에서 놀기. 과연 가능할까? 화장실 문제만 해결한다면 자발적이고 주도적인 바깥놀이가 가능할 것이다.

지해

나도 어렸을 때, 산 타고 놀았는데 말이야. 요즘 아이들은 다 갖춰진 놀이 공간에서 놀다 보니 탁 트인 곳에 가면 불평불만이 많더라고. 숲 체험은 나도 대찬성이야.

답글 🖤

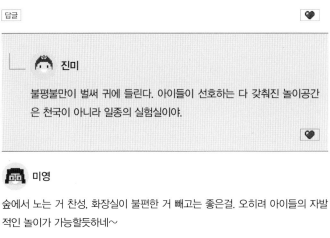

> **진미**
>
> 불평불만이 벌써 귀에 들린다. 아이들이 선호하는 다 갖춰진 놀이공간 은 천국이 아니라 일종의 실험실이야.
>
> 🖤

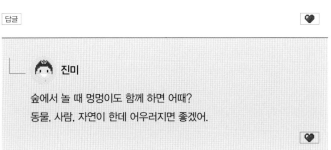 **미영**

숲에서 노는 거 찬성. 화장실이 불편한 거 빼고는 좋은걸. 오히려 아이들의 자발 적인 놀이가 가능할듯하네~

답글 🖤

> **진미**
>
> 숲에서 놀 때 멍멍이도 함께 하면 어때?
> 동물, 사람, 자연이 한데 어우러지면 좋겠어.
>
> 🖤

컨택트 vs 언택트

2020년, 전염병이 온 세계를 덮쳤다. 나는 컨택트를 원했고 미영과 지해는 언택트를 원했다. 두 사람은 전염병 확산의 위험이 있기 때문에 공식적인 오프라인 모임은 보류하겠다는 의견을 내놨다. 사려 깊은 지해, 완벽주의 미영. 두 사람의 평소 성격에 비추어보았을 때 자연스런 결과였다. 나는 활동적인 두 아들을 위해 어떻게든 오프라인 만남을 이끌어 내고 싶었다.

비공식적 소모임은 가능하냐고 물어봤다. 리더는 괜찮다고 대답했다. 품앗이 구성원 중 마스크를 착용하고 우리 아이들과 오프라인 만남을 가질 수 있는 가정을 물색했다.

덕분에 아들을 둔 A네 가족과 만나서 계곡 물놀이를 했고 며칠 후에는 아들을 둔 B네 가족과 만나 스포츠 체험을 즐기고 점심 식사 후 헤어질 수 있었다. 한 번에 한 가족만 만나는 경험은 이채로웠다. 평소 일곱 가족이 동시에 모여 노느라 놓치는 부분이 많았다면 한 가족만 만났을 때는 서로에게 집중할 수 있는 분위기가 형성되었다.

리더 미영의 생각도 조금 변하고 있었다. 만남을 미루기만 할 수는 없다고 판단했다. 우리 세 명은 언택트 시대에 걸맞는 컨택트 방법을 찾다가 온라인 동영상 과제를 수행해보기로 했다. 품앗이 아이들이 서로의 안부를 전하는 1분 이내의 동영상을 찍어 단체 카톡방에 올리는 것이다.

6세부터 11세로 구성된 품앗이 아이들은 일곱빛깔 무지개였다. 색종이로 튤립과 연필을 접어 소개하는 아이, 동영상 촬영 중인 엄마를 향해 V자 손을 흔들며 사라진 자전거 위의 아이, 태권도 시범을 보이며 안부 인사를 전하는 아이, 아나운서처럼 예쁘게 서서 바이러스를 이겨내자고 말하는 아이, 캠핑장 추억이 재미있었다며 언니, 오빠를 예전처럼 만나고 싶다는 품앗이의 여섯 살 막내.

3학년 여자아이의 경우는 "학교에서 오랜만에 친구들 만났는데 온라인으로 만나는 것도 좋지만 얼굴 보는 게 더 좋더라. 품앗이 친구들도 얼굴 보면서 만나자."라고 말했다. 마치 여러 편의 유튜브를 보는 느낌이다. 열세 명의 아이는 동영상에 자주 노출된 세대답게 자연스러운 매너로 자기 생각과 모습을 전했다. 고민 끝에 생각해낸 온라인 동영상 미션이 품앗이 아이들에게 유대감과 소속감을 확인시켜주는 자리가 되어주었다. 아이맘은 두 번째, 세 번째, 네 번째 온라인 미션을 공유하며 언택트 코로나에 적응했다.

모든 품앗이가 만남을 중단한 것은 아니다. 산과 들, 강에서 모임을 이어가는 품앗이도 있고 평일 오전, 사람이 없는 시간대에 모여 만남을 이어가는 전업맘 품앗이도 있었다. 똑같은 코로나지만 품앗이마다 대처하는 법이 다르다.

당분간 아이맘 모임이 온라인에서만 가능하다고 전하자 아이는 "엄마, 아이맘 애들은 품앗이 말고도 친구가 많은가 봐. 그러니까 안 만나도 된다고 하는 거 아냐? 나는 갑갑한데."라고 솔직한 의견을 말했다. 초등 고학년이 된 아들의 말은 그냥 흘려들을 수 없는 이중메시지가 담겨 있었다.

품앗이의 주인공은 아이다. 엄마는 아이를 위해 품앗이를 만들고 아이를 위해 품앗이를 유지한다. 그렇지만 품앗이가 내 아이의 모든 욕구를 만족시켜주는 단체는 아니다. 품앗이 외 학교 엄마, 옆집 엄마, 선후배 엄마와 늘 원활한 소통 창구를 열어 놓아야 우리 아이의 다양한 욕구를 충족시켜 줄 수 있다.

아이를 위해 한 개 품앗이가 아닌 복수의 품앗이에 가입해 두 마리 토끼를 잡는 방법도 있다. 이를테면 언택트 품앗이와 컨택트 품앗이로 나눠 가입하거나 큰아이를 위한 품앗이와 둘째 아이를 위한 품앗이를 각각 유지하는 것이다. 구성원으로 활동하며 어느 정도 노하우를 쌓았다면 새 품앗이를 만들어 리더가 되는 방법도 있다. 내 뜻에 동의하는 엄마들과 연대하므로 갈등과 분란을 줄일 수 있고 양육의 여러 면에서 새로운 자극을 받을 수 있다.

아빠 인맥을 통해 품앗이를 형성하는 방법도 있다. 남편의 인맥을 업무와 관련한 영업, 승진에 국한해서는 안 된다. 남편이 소속된 동창모임, 운동 모임, 낚시 모임, 동호회 모임 등을 가정과 연계시켜 여러 가족이 친구를 만나고 사귀는 품앗이 장으로 활용할 수 있어야 한다. 언택트와 컨택트를 오가며 살아야 하는 지금 시대의 양육법이다.

지해

시대에 맞게 엄마도 아이도 적응해 나가야 하겠지?

답글 ❤️

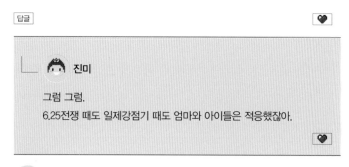

진미

그럼 그럼.
6.25전쟁 때도 일제강점기 때도 엄마와 아이들은 적응했잖아.

 미영

정말 지금과 같은 상황에서 두 개를 양립하는 게 어렵네. 마음은 모임을 하는 컨텍트를 원하지만 상황이 언텍트를 하게 만드네.

답글 ❤️

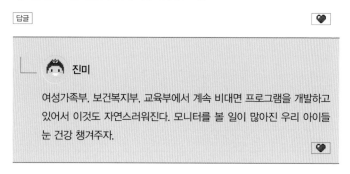

진미

여성가족부, 보건복지부, 교육부에서 계속 비대면 프로그램을 개발하고 있어서 이것도 자연스러워진다. 모니터를 볼 일이 많아진 우리 아이들 눈 건강 챙겨주자.

너희가 만든 먹방 동영상을 보며

큰아이의 2학년 공개수업에 참석한 적이 있다. 공개수업은 장래 희망을 발표하는 시간으로 꾸몄는데 아이의 꿈은 축구선수였고 축구선수가 꿈인 아이는 아들 말고도 한 명 더 있었다. 그런데 아들의 뒷자리에 앉아있던 남자아이의 꿈이 '유튜브 크리에이터'였다. 선생님, 경찰관, 과학자 일색인 장래희망 사이에서 유튜브 크리에이터는 눈에 띌 수 밖에 없었다.

그리고 2년이 흐른 사이, 유튜버라는 직업이 초등학생 장래희망 1, 2순위를 다투고 있다. 축구 선수가 꿈이던 아들의 장래희망도 유튜버로 바뀌었다. 자기도 유튜브 채널을 만들어서 구독자를 늘리고 싶다며 유튜브 채널 만드는 방법을 물어본다.

품앗이 아이맘의 두 번째 온라인 미션은 '아이들이 제일 잘하

247

는 것 자랑하기'였다. 순간 유튜브 채널을 만들고 싶어 하는 큰아이의 얼굴이 떠올랐다. 품앗이 동생들을 구독자라고 생각하며 아들만의 자랑스러운 영상을 찍는다면 유튜버를 연습하기에 이번만큼 좋은 기회도 없을 것 같다는 생각이 들었다.

큰아들은 평소에도 게임 진행자 흉내 내기, 나레이터 목소리 흉내 내기를 좋아한다. 가족과 친구들 앞에서 못 다 한 말을 영상을 통해 쏟아낸다면 보는 사람도 즐겁고 만드는 사람도 즐거운 시간이 될 것이다. 문제는 콘텐츠인데 큰아이와 작은아이가 함께 참여할 수 있는 동영상 주제는 닭요리 먹방이 좋을 것 같았다.

어느 저녁, 닭을 맛있게 조리해 볶음탕을 만든 후 아이들에게 먹방을 찍자고 제안했다. 두 아이는 듣자마자 좋다면서 카메라 앞에서 싱글벙글 웃는다.

큰아들: 얘들아. 안녕. 오늘은 아버지가 해준 닭볶음탕을 먹어 볼거야.

작은아들: 얘들아, 내가 닭볶음탕을 먹을 건데 맛있게 봐줘. 아버지가 만들어줬는데 우리집에 놀러 와서 아버지한테 만들어달라고 해.

큰아들: 진짜 맛있다. 양념이 잘 배어있어. 거짓말 안보태고 닭다리만 부드러운게 아니야. 모두 부드럽고 쫄깃쫄깃해.

작은아들은 멘트를 한 후 입이 터져라 닭다리를 뜯어먹었다. 그 모습은 시청자의 식욕을 자극했다. 큰아이는 맛에 대한 설명을 들려주며 영상을 차분하게 이끌었다. 1분 35초짜리 동영상을 찍은 후 네 식구가 몇 번씩 돌려보며 웃었다. 품앗이의 단체 메신저에 올리자 맛있게 잘 봤다, 먹고 싶다, 먹방 최고, 라는 반응이 올라왔다. 아이들은 품앗이 식구들이 즐겁게 호응해주자 뿌듯한 표정을 지었고 품앗이의 다른 친구들은 어떤 동영상을 찍어 올릴지 궁금해하며 기다렸다.

아이맘의 온라인 동영상 미션은 구성원 모두에게 두 가지 사실을 확인시켜 주었다.

첫째, 우리는 미디어 생산자로 살고 있다는 점이다. 따라서 내가 곧 콘텐츠임을 자랑스럽게 여기고 위풍당당하게 보여주는 시대를 준비해야 한다. 맛있게 먹는 모습도 보여줄 거리가 되고 옆구르기를 잘하는 모습도 보여줄 거리가 되며 동생과 신나게 노는 모습도 타인에게 보일 콘텐츠가 된다. 굳이 연예인이 아니어도 타인에게 나를 소개하려면 보여줄 것이 있어야 한다.

둘째, 온라인 미션은 품앗이 가족의 예쁨을 발견하는 시간이 되었다. 다른 집 아이의 동영상을 무한 재생하며 '저 집 아이가 저렇게 예뻤나?', '저 집 아이가 웃는 모습이 저렇게 귀여웠나?', '저 집 아들이 저렇게 눈이 컸나?' 하고 감탄했다. 우리집 아이를 재발견하는 시간은 더욱 소중했다. 나는 두 아이가 찍은 먹방 동영상을 보고 또 보면서 '자세히 보아야 예쁘다'라는 나태주 시인의 말을 실감했다.

두 아들은 이어지는 미션을 수행하며 '내가 좋아하는 만화영화 알리기', '추석 소개하기', '리코더 연주하기' 등의 영상을 찍었다. 다음에는 서로 총싸움하는 모습, 빠른 속도로 킥보드 타는 모습을 실감 나게 찍어 품앗이 가족에게 보여줄 계획이다. 본인의 라이프 스타일을 타인 앞에서 당당하게 드러낼 때 우리 아이들의 자아정체감이 형성되고 자존감도 높아진다.

인간과 인간은 오프라인에서 공기를 마시며 관계 맺어야 한다. 그러나 상황에 따라서는 영상을 통해 상대의 예쁨을 발견하는 것도 좋은 방법이다.

지해

형제 중 한 명은 기막힌 설명, 한 명은 먹방다운 먹방! 환상의 콤비였다지. 나도 영상찍으며 우리 아이들이 웃는 모습이 이리 예뻤구나, 하는 걸 새삼 느꼈어. 다들 즐기면서 하고 있겠지?

답글 🖤

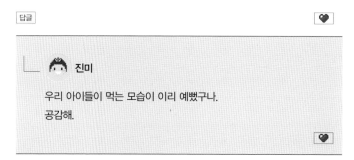

> **진미**
>
> 우리 아이들이 먹는 모습이 이리 예뻤구나.
> 공감해.
>
> 🖤

 미영

평소에는 잘하다가도 카메라만 앞에 있으면 못하는 아이들 덕분에 살짝 부담감을 느끼면서 온라인 미션을 수행 중이지만 미디어와 떼려야 뗄 수 없는 시대에 사는 아이들에게는 이런 기회가 더 좋은 거 같아 노력 중이야.

답글 🖤

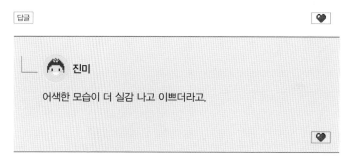

> **진미**
>
> 어색한 모습이 더 실감 나고 이쁘더라고.
>
> 🖤

도움이 필요한 곳에

빨리 빨리를 외치는 사회 속에서, 누군가를 이겨야만 살아남는 학교 안에서 우리는 놓치고 살아가는 것들이 많다. 나를 제대로 들여다볼 시간이 없으니 남을 볼 여유는 더욱이 없다. 그러하기에 나 아닌 누군가를 위해 몸을 움직이고, 마음을 쓰는 일에 '굳이… 왜?'라 묻는 이들이 있다.

바이러스문제로 모두가 힘든 시기, 확진자 수가 늘어간다는 기사, 전염되고 전염되어 좀비도시가 된다는 어마 무시한 영화 같은 미래를 이야기하는 글 등을 접하며 불편하고 불안한 마음을 쓸어내렸다. 누군가는 이리 걱정과 근심 안에 있을 때, 누군가는 희망을 잃지 않고 자신이 할 수 있는 일을 해나갔다.

부산의 한 할머니께서 손수 바느질로 면 마스크를 만들어 방역에 지친 주민센터 공무원에게 전달했다는 뉴스를 접했다. 마스크가 부족하다는 소식을 듣고 나서서 무언가 해야겠다고 생각하셨나 보다. 재봉틀로 완성도 있는 마스크를 만들려 했지만, 고장 나는 바람에 밤을 꼬박 새워 직접 손바느질해 만드셨다고 한다. 할머니가 전해주신 20장의 마스크에는 어떠한 가격도 매길 수 없다. 이를 선물 받은 덕천1동 행정복지센터는 할머니께 보건용 마스크를 선물하고 재봉틀을 고쳐주었다고 한다. 물론 재봉틀 수리도 주민의 재능기부로 이루어졌다. 나눔이 꼬리에 꼬리를 물고 이어진다.

작은아이가 다녔던 어린이집에서는 명절 즈음, 가까운 양로원이나 노인회관 등에 방문해 아이들의 노래를 전해드렸다. 집에 와 할머니, 할아버지 앞에서 노래를 했다며 뿌듯해하던 아이의 얼굴이 선하다. 애써 가르치지 않아도, 아이들 또한 나누며 느끼는 것들이 있다.

나눌수록 내가 가진 것이 줄어들 것 같지만, 오히려 더 채워짐을 깨닫는다. 경제적으로 여유가 있어야만 나눌 수 있는 게 아니다. 각자가 가진 달란트가 다르다. 누군가는 홀로 식사가 어려운 이웃을 도울 수 있고, 누군가는 외로운 사람들을 찾아가 이야기 상대가 되어주거나 책을 읽어줄 수도 있다. 한 사람이 전한 희망은 보이지 않는 끈으로 연결되어 다른 이에게 전해진다. 그렇게 함께 행복한 세상이 만들어진다. 옆 친구에게, 이웃에게, 도움이 필요한 곳에 손을 내밀어야 하는 이유이다.

아이들에게도 나의 작은 행동이, 실천이 누군가에게는 희망이 될 수 있고 나아가 좋은 세상을 만들 수 있다는 것을 느끼게 해주고 싶다. 베풀수록 마음 부자가 될 수 있다는 걸.

하지만 요즘은 봉사도 점수를 위해 하는 경우가 많다. 그러다 보니 시원하고 쾌적한 장소를 선호한다. 봉사의 의미를 마음에 새기지 못한 채, 점수를 채우기 위한 '겉만 봉사'가 아이들에게 어떠한 영향을 끼칠지 염려스럽다. 권장은 하되 의무가 되어서는 안 된다고 생각한다.

육아 품앗이가 속한 가정지원센터에는 자녀와 부모가 함께 할수 있는 '모두가족봉사단'이 있다. 봉사가 가능한 고학년과 부모가 함께 요양시설, 장애인복지시설 등 방문 봉사를 한다. 그 외각 지역의 자원봉사센터 등에서도 참여할 수 있는 다양한 봉사활동들이 있다. 생활 속에서도 실천할 수 있는 것이 많지만, 아이들이 크면 부모와 함께 하는 봉사활동은 꼭 해보고 싶었다. 품앗이 팀원들과 함께할 수 있다면 더없이 좋겠다. 좋은 일은 서로 나누어야 하지 않겠는가.

올해는 팀원들과 함께 봉사도, 작은 기부도 참여해보고 싶다.

진미

모두가족봉사단 단장님을 취재한 적이 있는데 사춘기 자녀와 부모가 한 팀이 되어 봉사를 할 경우 벌어지는 에피소드를 들려주셨거든. 재미있고 인상적이었어. 우리도 가족봉사를 해보자. 함께 '소비'만하는 모임은 아쉬워. 항상 봉사만 하는 모임도 한계가 있을 테고. 그런 의미에서 품앗이가 참여할 수 있는 간헐적이고 규칙적인 자원봉사가 필요하다고 생각해.

답글   ♥

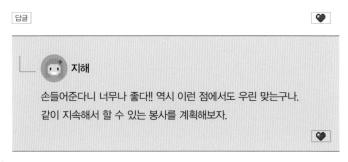

└ **지해**

손들어준다니 너무나 좋다!! 역시 이런 점에서도 우린 맞는구나. 같이 지속해서 할 수 있는 봉사를 계획해보자.

♥

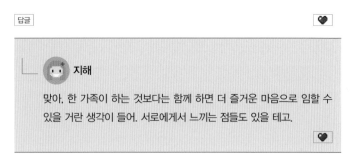 **미영**

아이들에게 봉사의 행복, 나눔의 행복을 함께 할 시간이 기대된다. 한 가족이 하려면 어려움이 있을 텐데 품앗이 친구들과 함께하니 더 즐겁게 할 수 있지 않을까? 이왕이면 진미 말처럼 지속적인 봉사로 이어지면 좋겠네.

답글   ♥

└ **지해**

맞아, 한 가족이 하는 것보다는 함께 하면 더 즐거운 마음으로 임할 수 있을 거란 생각이 들어. 서로에게서 느끼는 점들도 있을 테고.

♥

품앗이 안에서 배울 수 있는 것

내가 동네에서 뛰어놀던 시절엔 어린 친구, 나이가 많은 친구 할 것 없이 한 데 섞여 놀았다. 자연스레 나이가 많은 친구는 어린 친구를 챙기고, 어린 친구는 자신보다 나이가 많은 언니, 오빠, 형들을 따랐다. 또는 같은 나이 또래여도 관심사가 다르거나 성장 속도가 다를 수 있다. 나이에 상관없이 자신과 맞는 친구를 사귈 수 있는 자유가 그때의 아이들에게는 주어졌다. 하지만 학교를 입학하는 순간 아이들은 나이별로 구분 지어진다. 너는 1학년, 나는 3학년… 다른 교실을 사용하며 한데 어울려 놀던 아이들은 만날 기회가 줄어든다.

우리 모두는 스스로 결정하고, 스스로 규칙을 만들어 지키고, 스스로 문제를 해결할 수 있는 능력을 갖추고 있다. 그것들을 통해 평등한 인간으로 공존하는 법을 배운다. 하지만 학교에서는 아이들 스스로 결정할 수 있는 것들이 적다. 각자의 생김새도, 성격도, 관심사도, 재능도 모두 다르지만 같은 방법으로 같은 것을 배우며, 같은 곳을 향해 나아간다. 자유의 시간이 주어진다 해도 많은 통제와 규율 속에서 진정한 자유도 자립의 기회도 박탈당한다.

이러한 공간에서 우리는 무엇을 배우고, 어떤 인간으로 자라날 수 있을까.

또한 우리는 아이들의 대부분을 학교를 중심으로 판단하게 된다. 학교의 성적이 어떠한가, 학년에 맞게 학습 진도는 잘 따라가고 있는가, 학교에서의 규율을 잘 지키는가, 학교에서의 교우 관계는 어떠한가, 학교생활을 즐겁게 하는가. 이 중 어느 것 하나라도 다르거나 모자라다고 생각되면, 문제가 있는 아이가 되고 만다. 어떻게든 학교에서 괜찮은 아이가 되기 위해 원하지 않는 것들을 배우고, 참고, 견뎌내야 한다.

부모인 나조차도 아이의 의견보다는 학교가 정해놓은 것들을 우선하여 판단하는 경우가 많다. 하지만 학교가 아이의 모든 것을 결정짓는 기준이 되어서는 안 된다. 학교 밖에서 아이의 있는 그대로의 모습을 인정해주고, 학교로 인해 줄어든 자유 시간과 놀이 시간을 확보해 주어야 한다.

바이러스로 인해 한동안 온라인학습을 하게 되었다. 마치 미션을 수행하듯 과제를 완료하고 나면 모든 배움이 끝인 것만 같다. 어쩌면 우리에게 주어진 이 시간은 학교에서 얻을 수 없는 것, 배울 수 없는 것을 찾아가는 과정일지도 모른다.

육아 품앗이를 통해 우리는 많은 것들을 시도해볼 수 있다. 다양한 연령대를 가진 친구와의 장을 만들어 줄 수 있다. 아이들이 무언가를 하기에 앞서 스스로 결정하고, 지키고, 문제를 해결할 수 있는 자유를 줄 수 있다. 정해진 시간에 해내야 하는 무엇이 아닌 충분한 시간을 가지고 생각하며 각자만의 방법을 찾도록 도울 수 있다. 부모 또한 학교에만 의지했던 내 아이의 교육에 조금 더 관심을 가지고 참여할 수 있으며, 서로의 육아관을 나누며 성장할 수 있는 기회를 갖게 된다.

우리는 이미 각자에게 맞는 형태로 육아 품앗이를 하고 있는지도 모른다. 서로의 집을 오가며 아이를 돌봐주기도 하고, 함께 여행을 가고, 나들이를 가고, 육아 고충을 나누는 이 모든 형태가 품앗이이다. 마음 맞는 이들과 함께하고 있다면 조금 더 깊이 있는 고민을 통해 의미 있는 시간을 만들어가길 바란다.

무언가를 배우고 익히는 학습의 형태로 다가간다면 아이들에겐 학교와 다를 바가 없는 곳이 되고 만다. 학교 밖 세상은 조금 더 자유로워도 되지 않을까. 학교에서 배울 수 없는 것, 학교의 기준에서 벗어난 시간을 아이들에게 선물해주고 싶다. 아이맘이 아이들에게 그러한 장이 되길 바라본다.

진미

베이비부머 세대들은 자녀에게 학교 공부를 시키려고 애썼어. 결과론적으로 그들의 손자, 손녀 세대인 우리 아이들은 학교와 학원을 곧 죽어도 출석하는 곳으로 인식하고 있지. 이제 어린이 인구가 줄고 있으니 교육 패러다임도 변하지 않을까.

답글 ♥

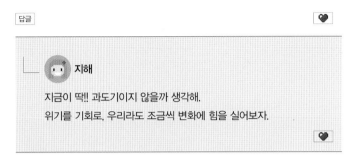

┗ **지해**

지금이 딱!! 과도기이지 않을까 생각해.
위기를 기회로, 우리라도 조금씩 변화에 힘을 실어보자.

♥

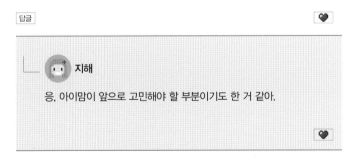 **미영**

점점 학교가 우리에게 어떤 의미인가 생각하게 되네. 육아 품앗이를 통해 학교 생활에서 못한 공백을 채울 수 있으면 좋겠다는 생각도 더불어 들고.

답글 ♥

┗ **지해**

응, 아이맘이 앞으로 고민해야 할 부분이기도 한 거 같아.

♥

261

인연을 잇다

아이를 낳은 후, 나의 인간관계에 변화가 찾아왔다. 어디서든 존재감을 잘 드러내지 않는 내가, 품에 아기를 안은 여자들만 보면

"아기가 몇 개월이에요?"

라는 말부터 나왔다. 그 한마디로 시작된다. 모든 관계는. 동네 엄마들은 조리원을 통해, 문화센터를 통해, 아이 유치원이나 학교를 통해 새로운 인간관계를 넓혀간다. 오래 알고 지낸 사이여도 깊이 사귀지 못한 이가 있는가 하면, 만남의 첫날부터 잘 통해 몇 년을 알고 지낸 사람처럼 편한 이가 있다. 친해지고 싶어도 자꾸 어긋나는 이가 있는가 하면, 많이 노력하지 않아도 자연스레 한 공간에서 마주하는 이가 있다. 미영과 진미가 그러했다.

미영은 출판사 서포터즈로 시작해 국립국악원, 경기인형극제 등 공연 등의 서포터즈로도 함께 활동했다. 그때의 첫 만남이 아니었더라도 관심사가 비슷해 블로그 활동하며 다른 곳에서도 한 번쯤은 만나지 않았을까?

각종 공예를 섭렵한 그녀, 나 또한 손으로 꼼지락거리는 걸 좋아한다. 캘리그라피를 함께 배웠다, 어쩌면 공예 관련 수업에서 강사와 수강생으로 또는 함께 수강하는 옆 친구로 만났을지도 모르겠다. 지금은 함께 다니지만, 핸드메이드페어나 문구박람회, 각종 전시 등에서 마주쳤을지도 모르겠다.

진미와의 인연은 지역 블로그기자단 발대식, 발대식이 끝난 후 내가 시내까지 차로 데려 주었다. 그때까지만 해도 그녀와의 만남은 온라인상으로만 존재하리라 생각했다.

어느 날 내가 운영하는 그림책 모임에 참여해도 되겠냐는 연락이 왔다. 그림책에 대한 관심은 물론 나보다 깊이 있는 안목을 가진 그녀이다. 지역상담센터에서 주최하는 미술치료 수업을 함께 들었다. 그림책방에서 진행하는 수업을 함께하자 제안했을 때도 흔쾌히 '오케이'를 했다. 미영과는 또 다른 관심 분야로 교집합이 형성된다. 진미 또한 어디에서인가 한 번쯤은 마주쳤을지도 모른다. 그게 아니라면 시간이 더 흐른 후 비슷한 분야의 일을 하며 만났을지도.

다른 멤버들도 그러하다. 독서모임에서 만난 사람, 누군가의 유치원 선생님, 아이의 친구 엄마, 일터에서 만난 사람…. 육아 품앗이가 아니더라도 어디에서든 만났을 인연들이다.

도서관을 오고 가며 옷깃이 스쳤을지도.
누군가의 강연 자리에서 옆자리에 앉았을지도.
공원을 기웃거리다 만났을지도.

많고 많은 동네 엄마 중 우리가 만난 건 만나야 할 사람들이기 때문이라 생각한다. 다른 자리에서 만나 인연이 되었더라도 어색하지 않을 그녀들. 인연은 만들어가는 것이라지만, 만들어지기도 한다. 나에게 찾아온 좋은 인연을 모르고 지나치지 말자. 아이로 인해 맺어진 소중한 인연이 있다면, 오랜 관계를 유지하기 위해 노력해야 한다. 노력하지 않는 관계는 이어질 수 없다. 지금 당신 곁에는 어떤 인연이 함께 하는가.

엄마와 여자 사이에서 함께 고민하고, 응원해주는 '나의 좋은 인연' 그녀들에게 다시 한번 감사의 마음을 전한다. 함께 하는 아이들 또한 성장해나가며 서로에게 좋은 인연이기를, 좋은 선배이자 후배이기를, 좋은 친구이기를 바라본다.

 진미

우리 오십대를 상상해봤어. 좋은 엄마로, 우리가 꿈꾸고 준비하던 오십 대 여자로 살게 될까? 여기 저기 쑤시고 아픈 데 없이 건강한 갱년기 여자로 살고 싶네.

답글 ♥

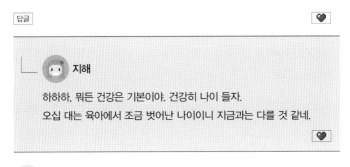

> **지해**
>
> 하하하. 뭐든 건강은 기본이야. 건강히 나이 들자.
> 오십 대는 육아에서 조금 벗어난 나이이니 지금과는 다를 것 같네.
>
> ♥

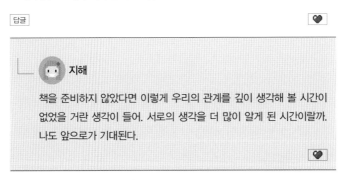

미영

우리의 인연은 정말 특별한 거 같아.
그래서 앞으로의 우리의 관계도 너무나 기대되네.

답글 ♥

> **지해**
>
> 책을 준비하지 않았다면 이렇게 우리의 관계를 깊이 생각해 볼 시간이 없었을 거란 생각이 들어. 서로의 생각을 더 많이 알게 된 시간이랄까. 나도 앞으로가 기대된다.
>
> ♥

몸은 멀어져도 마음만은 가깝게

오프라인 모임이 대부분인 품앗이는 코로나19를 만나 큰 타격을 입었다. 함께 모이는 것이 첫 번째인 품앗이에서 언텍트가 필요한 코로나19는 상극이다. 이로 인해 품앗이 모임은 제로가 되었다. 오프라인 모임이 어려워진 이 상황에서 품앗이 리더로서 어떤 활동을 해야 할까 고민이 되었다. 센터에 품앗이 모임 관련 문의를 했으나, 현재의 상황이 모임을 멀리해야 하는 상황인지라 선뜻 답이 오지 않았다. 되도록 모임을 지양해야 하는 상황이기 때문이다.

계속 모임을 미룰 순 없었다. 4년 차 품앗이 모임이 자리를 잡아가고 있는 상황에서 아이들도 이제 품앗이에 적응하고 있는데, 더 이상은 품앗이 모임이 정지되는 걸 원치 않았다. 아이들도 엄마들도.

고민은 지속되고, 바이러스는 사그라들 기미가 없었다. 그렇게 상반기가 지나갔다. 날을 계속 흘러가는데 모임은 하지 못하니 단톡방에서 안부를 묻는 게 전부였다. 사회적 거리두기가 완화되었을 때, 얼굴이라도 보게 공원에서 잠시 보자는 의견이 있었다. 걱정이 앞서서 다음을 기약한 게 또 몇 달이다.

운영진이라고 할 수 있는 진미, 지해, 내가 고민을 했다. 어떻게 해야 언텍트한 시대에 우리가 함께할 수 있을지를. 도서관이나 대부분의 강연이 온라인 강연으로 바뀐 것을 참고해서, 우리도 온라인으로 무언가를 해야겠다는 생각이 들었다.

고민 끝에 생각한 것은 바로 영상을 활용하는 방법이었다. 첫 시작은 영상으로 서로의 안부 묻기. 그 다음에는 영상으로 하나씩 미션을 진행하는 방법이다. 스마트폰이 있기에 요즘은 영상 촬영이 쉬운 편이다. 예전처럼 비디오 카메라가 있지 않아도 되고, DSLR 카메라가 없어도 쉽게 찍을 수 있는 게 영상이다. 유튜브를 보고 자라온 아이들이기에 영상을 보는 것이 익숙하니 찍는 것도 어렵지 않게 느껴질 거라 생각되었다. 하지만 아이들의 성향이 모두 같은 건 아니니, 이렇게 된 상황에 멤버 이탈은 자연스러운 수순이었다.

살짝 걱정이 되면서 첫 번째 미션을 단톡방에 올리던 순간. 멤버들의 반응은 긍정적이었다. 아이들과 함께 영상을 찍어 업로드하겠다며, 톡을 준 멤버들. 미션이 올라오고 바로 다음 날 첫 번째 영상이 올라오고, 이에 자연스럽게 아이들의 안부 영상이 올라오기 시작했다. 혹시 싫어하는 멤버에게 개인톡이 오지 않을까 우려했던 생각은 기우였다. 일주일의 시간을 주었는데, 6일 만에 모든 멤버의 영상이 업로드되었다. 서로의 모습을 영상으로 보면서 그동안 못 봤던 아쉬움을 달랬다.

"아이들이 많이 자랐네요."

"부쩍 자랐어요."

"친구들 영상 보더니 연습하고 있어요."

라며 오랜만에 아이맘 단톡방도 북적북적해졌다. 다음 미션을 기다리는 멤버들을 보니 어떤 식으로 우리의 언텍트한 시절을 극복해볼까 마음이 즐거워졌다. 모임을 가지지 않더라도 함께할 수 있는 방법을 찾아보자. 그게 무엇이든. 동영상 촬영을 통해서 서로 안부 묻기, 그룹콜을 통해 서로의 목소리 듣기, 줌을 통해 영상 소통하기 등 생각보다 할 수 있는 일이 많다.

진미

자기도 개인 유튜브 채널 있잖아.
이번 기회에 품앗이 아이들에게 채널 공개하고 멋진 모습 좀 보여줘. 응?

답글

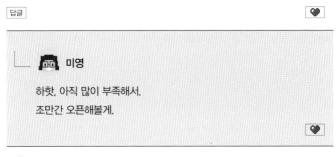

미영

하핫. 아직 많이 부족해서.
조만간 오픈해볼게.

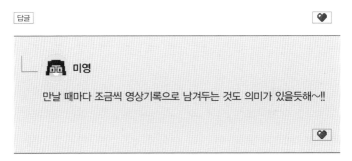

지해

안부 영상 하나씩 올라올 때마다 아이들과 함께 보며 얼마나 반가웠는지. 못 본 사이 많이 자랐더라고, 다들. 뭐든 방법은 있게 마련인가 봐. 앞으로는 품앗이 만날 때마다 영상기록 남겨볼까?

답글

미영

만날 때마다 조금씩 영상기록으로 남겨두는 것도 의미가 있을듯해~!!

또 다른 곳을 향해

앞으로 꼭 해보고 싶은 품앗이 활동들이 있다. 개인적으로 환경에 관심이 많기에 아이들과 함께 모여서 쓰레기를 주워보고 싶다. 내가 학교 다닐 때는 쓰레기 줍기 활동이 자주 있었다. 봉투와 집게를 들고 학교 주변을 자주 돌았던 기억이 있다.

쓰레기를 버리는 사람 따로 줍는 사람이 따로 있는 건 아니지만 쓰레기 줍기를 하면서 아이들에게 자연스럽게 쓰레기에 대한 경각심을 심어주고 싶기도 하다. 생각보다 길거리에는 쓰레기가 많이 널려있다. 아이들이 사는 세상이 조금 더 나아지길 바라며 함께하고 싶었다. 특히 혼자 하는 것보다 함께 모여서 쓰레기를 줍다 보면 힘든 일이라는 느낌보다 즐거운 느낌으로 할 수 있을 것 같아 기대된다. 자연스럽게 쓰레기 분리수거에 대한 생각도 갖게 하고 말이다. 기회가 되는 날 아이맘의 품앗이 활동으로 해보고 싶다.

또 하나는 악기 연주다. 이 활동을 기획하게 된 것은 센터 직원과의 이야기 도중에 나온 것이다. 센터에서는 연말에 성과보고회를 한다. 그 때 일 년 동안 활동한 것들을 발표한다. 아이맘도 활동을 열심히 해서 품앗이 우수 활동상을 수상한 적이 있다. 수상하러 성과보고회에 참여했는데, 행사 중간에 공연이 있었다. 센터를 통해 결성된 다문화 아이들의 댄스 수업 발표였다. 일주일에 한 번씩 모여서 수업을 했고, 일 년 동안 배운 것을 연습해서 성과보고회에서 발표를 했다. 그 모습을 보니 무척 대견했다. 센터 직원과 얘기 도중 품앗이 아이들이 성과발표회에서 악기 연주를 하는 것에 대해 의견을 나누었다. 충분한 연습 뒤에 아이들이 센터의 행사에서 발표를 하는 것을 목표로 품앗이의 활동 계획으로 잡을 생각이었다.

연말에 엄마들의 모임에서 이 내용을 전달했고, 아이들의 악기 연주에 대해 긍정적인 반응을 얻었다. 악보를 준비하고 어떤 악기를 할지를 워크숍에서 이야기 나누었는데, 언텍트한 시대에 발맞춰 악기 연주는 각각 연습하고, 온라인으로 악기 연습의 합주를 맞추어볼 수도 있을 것이다. 우리의 계획이 실천되도록 다시 한번 멤버들과 이야기를 나눠봐야 할 때가 바로 지금이 아닌

가 싶다.

매년 프로젝트로 품앗이 활동에 활력을 불어넣어 주는 것도 좋다. 예를 들면 기념일을 챙겨보기인데 한글날에는 한글날에 관련된 장소 찾아가고, 식목일에는 나무를 심는 것이다. 이는 아이들에게 모임의 목표를 부여해 힘을 준다.

진미

악기 연주 좋아! 브레멘 음악대가 왜 인기 있는 그림책이겠어. 고 이태석 신부님
도 수단에서 음악대를 만드셨고 우리가 얼마 전에 같이 영상으로 보았던 쓰레기
음악대도 그렇고. 음악을 연주하면서 하나가 되는 경험을 추천해.

답글 ❤️

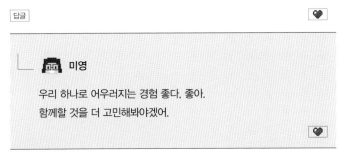 미영

우리 하나로 어우러지는 경험 좋다. 좋아.
함께할 것을 더 고민해봐야겠어.
❤️

 지해

맞아, 함께하는 목표가 있다면 아이들에게 소속감도 느끼게 하고, 협동심도 기를
수 있겠지. 여러모로 건강하게 성장할 수 있지 않을까 생각해. 잘 이끌어가려면
우리도 힘을 좀 길러놔야겠다!!

답글 ❤️

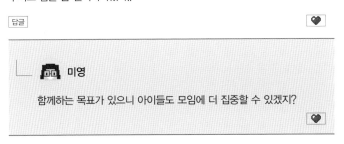 미영

함께하는 목표가 있으니 아이들도 모임에 더 집중할 수 있겠지?
❤️

273

선배맘에게 배우다

우리 품앗이는 큰아이들만의 모임이 아니었기에 무언가를 할 때 막내의 나이가 항상 고려되었다. 이제 4년 차가 되니 막내들 나이가 뭔가를 할 수 있는 나이가 되어 진행이 용이해졌다. 하지만 품앗이의 활동을 계획할 때 항상 고민이 되는 것이 아이들의 참여도이다. 제일 나이 많은 아이부터 제일 어린 아이까지 모두 다 참여할 수 있는 것을 하는 것은 욕심이겠지만 다 함께 할 수 있는 것을 찾다 보니 쉽지 않다. 이런 점에서 센터에 속해있는 품앗이이기에 얻는 장점이 있다.

선배라는 말은 나보다 앞선 사람을 말하는데, 센터에는 다양한 품앗이 모임이 있기에 우리의 품앗이의 미래를 품앗이 선배맘에게 배울 수 있다. 중학생 아이들과 함께하는 모임, 초등학생 고학년 아이들이 함께하는 모임, 같은 어린이집 동창들이 모이는 모임 등 그 모임의 종류는 다양하다. 그중에서 가장 오래된 품앗이는 아이들이 초등학교 저학년때부터 모이기 시작해 중학생이 되어서도 모임을 이어가고 있다고 한다.

"사춘기인 아이도 있을 텐데, 아이들이 불참하려 하지 않나요?"라는 질문에, "다른 모임은 몰라도 품앗이 모임은 따라와요."라는 대답이 돌아왔다. 우리의 미래도 상상해 본다.

긴 시간동안 품앗이를 한 경우에 아이들이 힘들어하지 않을까 싶지만 선배맘의 이야기를 들으면 힘이 되기도 한다. 사실 오랜 시간 동안 모임을 하다 보면 아이들뿐 아니라 어른들도 힘이 들어 모임을 빠지게 된다.

"긴 시간동안 품앗이를 하셨는데, 기존 멤버들인가요?"
"처음부터 함께한 가족은 몇 집 안 되고, 새로운 가족들이 함께하고 있지요."

오랫동안 품앗이를 한 모임 이야기를 들어보면 초창기 멤버가 아닌 새로운 멤버들과 함께하고 있다는 얘기가 들리기도 한다.

멤버의 교체는 장시간 모임을 지속한 경우 빼놓을 수 없는 문제이긴 하다. 모두가 오랜 시간 함께하면 좋겠지만 각자의 상황에 맞춰 빠질 수도 있기 때문이다. 아이들이 아직 저학년이라 성장해서 더 커지면 모임에 빠진다면 어쩌지 하는 고민이 있었는데, 선배맘의 이야기를 들으며 미소 지을 수 있었다.

미래를 알 수 없기에 더 두려움이 클 수 있다. 하지만 리더 모임이나 품앗이 멤버들의 전체 모임에서 만나는 다른 품앗이 멤버들의 이야기를 들으면 두려움이나 걱정이 줄어든다. 오히려 그 때가 되면 우리도 저렇게 할 수 있겠지 하는 희망과 우리의 모습을 다시 돌아보기도 한다.

오히려 품앗이 덕분에 아이의 사춘기를 쉽게 견뎌냈다는 이야기나 품앗이 멤버들과 함께해서 힘을 얻었다는 이야기는 내가 품앗이를 하고 있길 잘했다는 생각을 안겨준다.

진미

선배들의 이야기는 새겨서 들을 것이 많더라. 내가 아는 선배맘은 아들 친구 5~6명을 항상 자기네 집 식탁으로 불러 모으셨대. 밥 챙겨주고 간식 챙겨주면서 아들의 또래 관계를 만들어주셨더라고. 훌쩍 자란 아들이 군대에서 곧 제대하는 데 동네에서 인성 좋은 청년으로 칭찬이 자자하다네.

답글 🖤

> **미영**
>
> 와와 정말 멋지다.
> 챙겨듣고 우리만의 색깔로 만드는 게 필요한 거 같아.
>
> 🖤

지해

의견을 나눌 수 있는 선배맘이 있다는 거 참 든든하다. 우리도 언젠가는 선배의 입장이 되어 있겠지? 다가오는 고민거리들은 그때그때 함께 고민해 보자.

답글 🖤

> **미영**
>
> 선배맘이 있다는 것만으로도 참 든든해. 우리도 든든한 선배가 될 수 있도록 우리만의 이야기를 많이 챙겨두자!
>
> 🖤

지해: 책 끝나고 나니까 어때?

미영: 후련해.

진미: 아싸. 이제 우리 할 일 다 한 거지?

미영: 아니야. 10년 뒤에 책 한 권 더 쓰기로 했잖아.

지해: 10년 뒤에도 품앗이가 살아 있을까?

진미: 애들은 살아있겠지.

지해: 10년 뒤라면 육아에서 벗어났으려나.

진미: 애들이 청소년이 되어서 더 힘들 거야. 그때 경험이야말로 책으로 써서 대한민국 엄마들과 공유해야지.

미영: 그래도 품앗이 덕분에 육아가 조금은 수월하지 않았어?

지해: 맞아.

진미: 진짜는 이제부터지.

미영: 이제 제대로 품앗이를 즐기게 된 거 같아.

진미: 책을 쓰면서 품앗이에 대해 많이 알게 됐어. 책에 다 싣지 못했지만, 품앗이 관련 정보들을 취재하면서 느끼고 배운 것들이 많아. 시간을 돌린다면 둘째 아이는 공동육아 어린이집에 보내고 싶다.

지해: 평소에는 품앗이에 대해 이리 깊게 얘기를 해본 적이 없는 것 같아. 글을 읽으면서 서로의 생각을 알게 되었어.

미영: 맞아. 나도 리더로서 품앗이를 이끄느라 몰랐던 점이 많더라고. 멤버들이 무슨 생각을 하는지 파악하는 계기가 되어 품앗이에 더 애정이 생겼어.

지해: 우리 아직 하고 싶은 게 많잖아? 하나씩 차근차근히 해나가 보자.

진미: 앞으로는 교육적인 부분도 함께 하면 좋겠다

지해: 언제쯤?

진미: 할 때 되어서 정하면 되겠지.

지해, 미영: 악!!!!!!

진미: 아들이 책 그만 쓰고 같이 놀재. 책보다는 애들이 먼저니깐.

지해, 미영: 그래 그럼, 다음 달 품앗이는 뭐할지 고민해 볼까?

-end-

▷ 진미   ▷ 지해   ▷ 미영